Neue Bühne 30

ドイツ現代戯曲選 27
Neue Bühne

Schlußchor

Botho Strauß

Ronsosha

終合唱

ボート・シュトラウス

初見基［訳］

ドイツ現代戯曲選30

Neue Bühne 27

論創社

編集委員◉池田信雄／谷川道子／寺尾格／初見基／平田栄一朗

Schlußchor
by Botho Strauß

This translation was sponsored by Goethe-Institut.

GOETHE-INSTITUT

「ドイツ現代戯曲選 30」の刊行はゲーテ・インスティトゥートの助成を受けています。

(photo ©Ruth Walz)

en. Krieg. Lustspiel ¶ Igor Bauersima norway.today ¶ Fritz Kater zeit zu lieben zeit zu sterben ¶ Elfriede Jelinek Macht nichts ¶ Peter Handke Die Stunde da wir nichts voneinander wußten ¶ Ein
nias Zschokke Die Alphabeten ¶ Franz Xaver Kroetz Der Drang ¶ John von Düffel Balkonszenen ¶ Heiner Müller Der Auftrag ¶ Herbert Achternbusch Der Stiefel und sein Socken ¶ Volker Brau
Die Goldberg-Variationen ¶ Dea Loher Tätowierung ¶ Thomas Bernhard Heldenplatz ¶ Elfriede Jelinek Raststätte oder Sie machens alle ¶ Rainer Werner Fassbinder Der Müll, die Stadt und der To

目次

Schlußchor

終合唱

第一幕

見ることと見られること

女性・男性十五名の一団が集合写真を撮影するために四列の段に並んでいる。前景で写真屋が異なった位置にある三台のカメラを操作している。

女 1　男 2　男 3　女 4

男 5　女 6　女 7　男 8　男 9

女 10　男 11　女 12

女 13　男 14　男 15

身動きは窮屈に制約されている。言葉をひとつ一団のなかへと投げ入れてみる、すると当の本人が自分に話しかけられていると感じてくれるのをただ期待するしかない、そのような状態。誰が誰と関係しているのか定かでない。それがわかっても、どれくらいの長さの関係なのか？　ときおり、ある人が夢のなかでどっと笑い声をあげるように、意思疎通の尖端部だけが一瞬突き出る。

女4　どうしていまじゃだめなの？
男11　いまはまだなんだ。
男14　顔を上げて！
女1　ポーズっ……
男11　もう少し待とうよ。
男15　ほっそり、それともむっちり？
女1　よく見てみればいいでしょ。
男15　全然見えない。ぼくが見つめてるのは爬虫類の目なんだから。
男9　後で更衣室に会いに行くからね。

女数名 ええっ！　やだぁっ！　きゃあっ！

女1 よりにもよってこんな瞬間に私にひどいことをおっしゃるものですね。

男8 あなたがどう見えるか楽しみだ。後で。写真で。この瞬間の。

男3 あと一枚撮ったらもう全部おしまいだ。

女6 さあ、済んだわ。

女12 全部をもういちど。

男11 それじゃ済んだんだ？

女4 ええ、どうにか。

女13 二人をもういちどつなぎ合わせるために私がどれだけ血を流したかわかってるの！

男5 十二時から正午まで止まってるんだ。

男11 それで？　うまくいかなかったの？

女4 うん、だめ。失敗だった。

女10 いつもそうね。

女4 必ずしもじゃないけど。

男2 首尾一貫してないことのひとつの結果だな。

男5　全部瞬間の問題であって、性格の問題じゃない。

男15　誰だって、二人でいるときの自分ではないんだ。

男14　前にいちどあいつの女房が出張で旅行に出なきゃならなくなったとき、自分の写真であいつはステッカーを作ったんだ。それを列車の扉という扉に貼り付けた。女房が席を予約した車輌の化粧室にまで。

女13　あなたがお話しのこと、本当だとは思えません。

男14　（落胆して）まあそうならそれで。

女6　そんなこと言ってたわけでもないでしょ。わずかなりとも真実ではある、私の知ってるかぎりではね。

女13　でもほんとにほんのちょっとばかりでしょ。

女10　あの人の言うことあんまり信じちゃだめ。

女7　あんまり信じてはいけない男がもうまた。

男2　あいつがあなたに話したことはばかばかしい。

女12　私に？

女1　ミッキー・シュナイダーがどんどん妙になってきてる。

男11　あいかわらずあんたはやろうとしてるの？
女4　もうあんまりどこへも行かない。
男11　へぇ？　イルカだけはもっと好き勝手にやると思うよ。イルカはどんなサーフボードとも関係するんだ。
女4　なんでそんなこと言ってるの？
女6　みんなの前で……
女4　教えてよ——
男11　それについてあれこれ考えてるんだ。
女4　あなたに会うの、とっても楽しみにしてたのよ！
男3　期待が大きすぎると、再会は台無しになる。
女13　（動かないまま背後の上段に向けて）ご満足？

男2しかめっ面をしてみせる。

女1　私の隣でそんな顔しないでください。

私のすぐ隣で写ってるんですから。

女6　あなただってみんなと同じようにカメラをまっすぐ見つめてらっしゃるんでしょうに、どう見えているのかなんでわかるって言うんです？　脇向いて台無しになんかなさらないでしょうね？

女1　私はカメラを見つめたりしない、じっと同じ顔をつづけてるだけです。でも、隣の人がしかめっ面をしているのは感じられる。

男9　その人いったいなにしてるの？

女1　この人――

男14　それであなたは？　ちゃんと動かないでいるんですか？

女7　私は準備できてます――この瞬間がもう瞼の裏に焼き付いている。

男14　ずっとここに立っていたのが無駄になるなんてご免ですよ、こっちは一所懸命にもっともらしい顔してるっていうのに、肝心なとき誰かが我慢できなくなったなんていうだけで。

男9　それで？　その人なにしてるの？

女1　この人――舌で口のなかを掻き回してるんです。

男8　（隣の男に）あなたは人から肩を擦りつけられるようなことのおよそない方だとずっと思ってたのですがね。
男9　あなたが全然思惑なく私の隣に来て立ったわけではないと感じていました、永遠の姿をとどめようと私たちはこの上に並んだのですから。
女10　長くなればなるほど見苦しくなってくる。髪を整えてもらわなきゃ。
男15　ご注意！　この方が列から出ますよ。
男5　ここにいなきゃだめですよ！　この蜂の巣から誰も出るもんじゃない。
男3　ひとりがいなけりゃ全部おじゃんだ。
女6　後になってアルバムの写真を見る、私、もういまからそんな顔だわ。
男15　でもそのときには誰が誰だったかもう判らなくなってますよ。

下段右からは声に出さず、同時に逆の上段右からは声に出して、それぞれが隣の人物になにごとかを囁く。〈うわさ〉は列を巡って男8の前で止まる。

女4 （男3に向かって、同時に男15は男14に向かって声に出さず）すぐさまあの人に厳しいことを言わないでおいてくださいよ……

男3 （男2に向かって、同様に男14は女13に向かって）ここだけの話ですよね？

男2 （女1に向かって、同様に女13は女10に向かって）絶対に他の人に言ったらだめですよ！

女1 （男5に向かって、同様に女10は男11に向かって）秘密を守ることができますか？

男5 （女6に向かって、同様に男11は女12に向かって）口に出さないって堅く約束してくださいね！

女6 （女7に向かって、同様に女12は男9に向かって）聞いてくださいな、でも内密ですよ、本当にご内密に！

女7と男9のそれぞれが身を屈めて男8の耳に

女7 内々の話なんだけど……

男9 あなたのことを信頼してもよろしいでしょうね？

それ以外の全員　しっ！　しぃっ！　静かにっ！

女7　どうしたの？　この人？　確かにそうなの？

男2　幸せな男だ――この人だけが自分の不幸をまったく知らない。

男8　(大声を立てる) ドイッチュラント！

静寂。写真屋が作業を中断する。

男5　どういう意味だかご存知ですか？

写真屋　いいえ？

男5　何が問題なのかご存知でない？

写真屋　私にわかるのは……

男5　へーぇ？　またまた驚きですね。

写真屋　えぇっと。そんなこと予想していなかったんです。

男5　私たちの誰だって予想してはいませんでしたよ！

女1　ということは、全然シャッターを押してなかったわけ？

男9　だってまさにこの瞬間の自分の姿を見ておきたかったのに、と後からみんな思いますよ！

写真屋　そうする直前だったんです。

女6　でも全部気づいているのでしょう！

女7　何にだって勘が働くでしょう！

男3　そりゃあと百年だってここでポーズをとっていることはできますが、あの表情をあなたはもう二度と私たちから得られませんよ。

女4　ちょっとした物音に身をすくめるのは止しにしましょう！

女12　過ぎて、逃して、もうおしまい。

男15　私たちはみんなでいま、自分たちのことを振り返っている。

女13　西に来て最初のあなたの写真、まだ覚えてる？　コーヒーポットを倒してしまった瞬間の。

女6　西ですって？　それって随分前のことじゃない？

女13　戦争直後だった。もう戦争から五十年経つけれど。

女6　でもお母さん、私たちが西に来たのはずっと後のことですよ。

女13　あのころうちにはお手伝いのドーラがいた。あの子が郵便局の男を引っ張り込んだのだった、女房持ちの男を自分の部屋に引っ張り込んだ。通貨改革の直後だったわ。そしてあの子が逐電したのは夏だった、私たちは毎年のようにテーゲルンゼー[★1]のアマーリエのところへ行ったものだった、家にはおばあさんの面倒をみてくれるご近所がいるだけだった。

男11　ぼくに話してくれないの？

女4　いったい何を？

男11　もう忘れたのかい？

女4　いいえ、そんなわけじゃない、ただそうこうしているうちに——

女13　ああ、こうしたいっさいからどれだけ経ったことか！

男11　理由にならないよ。

女4　私にはなるわ。充分な理由よ。
ええ、たしかにそうだった。でも私たちいまここでいっしょにいて、永遠の姿をとどめようとしている。それで充分じゃない？

女13　私に書くことができるなら、本を、こんな厚い本を、嘘じゃなく、まだまだ語れるでしょうに、そうなんだよ、あんた。

男9　上の段で眠り込んで欲しくないんだけど、アネマリー・ケーラー！

女1　いえいえ、私そんなことない……私嬉しくて……ものすごく嬉しくて。

女10　もう眠り込んでしまった。立ったまんま目を開けて。

男5　どうしてその方、そうしたらいけないっていうんです？

女6　私ですか？　私はなんにも反対ではありません。

男9　あ、あ、あの人が眠り込んだら最悪だ。

このなかの誰か別な人だったらまだいいけど。

男3　ひとりっきりで孤独に寝入る人びとがいる。著しく周りに伝染させて寝入る人びともいる。

男8　著しく挑発的、と言いたいね。

男9　ぜひともういちどご自身の言葉でおっしゃるべきではないですか？

女4　そんなふうに野次を飛ばしてみせるんだからまったく！

女7　いつでも強いオオカミの側について吠え立てる、群にいる人びとよりほんの少しばかり長く吠える。それがあなたご自身に向けられている評価ですよ。

女10 アネマリー！　電話作戦よ！　目を覚まして！

女1 あーら！　ワインの通信販売？　ヘルヴィヒ・ゼーフェルナーね。この人はどうなったの？

女10 いまでもまだワイン通信販売をやってるわ。規模はおおきくなった、いまではずっとおおきくなったけれど。骨の折れるなかでも最悪の仕事！　週末にはいつもホテルでみんなが十五台の電話に張りついて、乗馬クラブやバラ栽培愛好会の組織のカードファイルをめくっては電話をかけつづけた。「おはようございます。すばらしいお天気の午前、いかがお過ごしでしょうか。こちらはシュペーアハーン・ワイン通信販売のシャルロッテ・クラインと申します。お休みの日のお食事中をお邪魔したのでなければよよよよよよぉっ……」私には地獄だった。（当時のように）もうできない、もうやりたくない。うんざりだった。

女1 （当時のように）がんばりなさい、シャルロッテ、私たちお金が必要なんだから。

女10 電話がいやだったんじゃあない、私にしてみたらドイツ人の誰の家に電話するのも平気、そんなのどうっていうことない。これ以上私に耐えられないのは、私たちの周りにいる人びとのことだけ。醜いしくさいし。他の人たちの背後でこっそりと私たちが見つめ合うとき、いつも私は良い気分。あなたってきれい、あなたは自分の容姿を気にかけている。あなたは、ひどい身だしなみで人をむかつかせる類ではない。いまもってあなたは私のいちばんのお手本なの。

女1 何言ってるの、あなたこそもうほとんど完璧じゃない。

女10 ぜーんぜん！ あなたの足下にも及ばない。

女1 さあっ！ つづけましょう。

女10 またあとで……

ええ。そうでした。

男14 あんまりそんなふりばかりしてみせるもんじゃないよ！

女10 でもミッキー、私がどんなふりをしてるって言うの？

男14 全部だよ。

男3 すばらしい歳月だったな、ぼくたちは友だちだった。みんなが休暇で旅行に出た後の静かな夏、ぼくたちはふたりで人もまばらな街中を歩き回った。町の外へ出ていって砂っぽい森の道を、演習中の兵隊が蔦を絡ませた鉄兜をかぶって藪のなかに伏せているあいだを歩いたこともある。八頭のハスキー犬をつないだ二輪馬車を駆っていた阿呆のことを覚えてるかい？

男15　気兼ねなくぐるぐると歩き回っては家に帰り損ねたことがどれだけあったか。鳥が飛ぶときにできること、羽音を立て、滑空し降下し、羽ばたき、鋭い声を放つ、こうしたすべてをぼくたちは言葉で達成していた。

男3　二十年前だった、そうだね、ほとんど二十年前になる……

男15　互いの消息が絶えてしまって、きみは悲しくなかったかい？

男3　ぼくがここに残っていたことはきみも知ってるだろう。

女1　そう、他のみんなのなかに……

女6　一群を考えてみる！

男11　一群を注意してみる！

男15　一群であってみる！

ひとりのなかの多数。多数のなかのひとり。

女7着ていたセーターをたくし上げ裸の上半身をさらす。

このフィルムはたしかな道筋を進むのだろうか？　暗室で現像され、定着液に浸され、乾燥されるのか？　このフィルムは真実をそのままとどめるのだろうか？　私たちは写真のうえでそれぞれ自分たちの姿に再会するのだろうか？

男9　この人なにをしてるの？

男5　脱いでるんだ。

女6　まっすぐ前を向いているなら誰にも見えないはずよ。

男11　写真屋は前にいるから見えるよ、それもかなりにね。

女13　あなたの胸がむき出しになっている写真なんて人に見せられません。

女12　気遣わしげな顔なんか私はここでしてみせない、同じ写真であなたは胸を突き出してみせるけれど。

女7　この男の微笑みの裏にはおかしな習慣がひそんでいる。青ずんだ赤い傷跡を、三番目と四番目の肋骨のあいだのふくらみをご覧なさい。私をこの人に縛りつけていたのは、口づけではなくこの人の殺人の企て……節度のない人のことをしゃべるのははばかられます。この人が自分でするならともかく。

女13　なに？　誰が話すんですって？

女12　その人でなしはどこにいるの？　誰のこと？

男2　残念ながら私ではない。

女7　残念ながら？

女10　ほかに考えられるとしたらどなたでしょう？

男15　残念ながら私ではない。

女7　もういまでは違うということでしょ！

男15　ほとんど自分のことかと思いましたが。

女1　たまたま隣に立っていた男が後から悪魔だなんてこと、私はいやだわ。

女4　どうしてあなたは一同をけしかけておきながら、化けの皮をはがそうとしないのです？

女7　私が彼のことをばらすですって？　とんでもない。

男8　みんなが揃っている真ん中に悪魔が収まっている、これに馴れなけりゃいけないんだろう。

女13　ああっ！　あなたがっ！　あなたなんですね！　……やっぱり。

女7　いえいえ……違いますって！

男5　群のなかに身を潜めてぬくぬくしてるなんて、臆病者にはさぞかし心地良いことだろう。

女12　（男5に向かって）それであなたなんですか？　あなた自身がそうなんですか？

女7　もういいでしょ。私は知っている。あなたも知っている。それでいいでしょ？　私に酷い行ないを指摘されて、あなたは写真のうえで微笑んでいることでしょう。

男9　まだ招待状を持ってる？

男5　もちろん。

男9　誰かを連れてっていいかどうか問い合わせたの？

男5　問い合わせる必要なんかない。招待状に「配偶者同伴」って書いてあったもの。

男9　ぼくはあんたの配偶者なんかじゃないけど。

男5　「ご同伴者ともども」だったかもしれない。なんて書いてあったか正確にはもう覚えていないよ。

男14　まったく不愉快な件なんですが。ご存じですか？

男5　いいえ。どうしたんです？

男14　去年私も公爵夫人の夏の舞踏会に行ったんです。ええ。そうしたらほぼ千マルク散財してしまいました。

男5　ぼくは招待されたんです。一銭もかかりません。

男11　私だって招待でした。でもあなた、しこたま置いていかないと出てくることはできませんよ。

男5　招待を受けて——

男2　招待、そんなのお忘れなさい。裏に控えているのはいまいましいチャリティー・パーティーなんですから。ミネラルウォーター一杯だけで百五十マルクですよ。公爵夫人が手ずから注いで、おんみずから徴収もする。公爵夫人は値段のことなどからからと笑い飛ばすのだけれど、こんなものに対して値段が異様なので、だって水一杯が百五十マルクもするんだから、そうでしょ、だから大笑いせずにはいられないんです。

男14　アンチョビ・サンドが二百八十マルクですよ！

男3　スタッフドトマトが百マルク！

男9　じゃあ食べ物と飲み物を持参しようよ。

男5　現金も小切手もクレジットカードもいっさい持っていかないぞ！

男11 そんなことしてもだめですよ。どこかしらに署名するものが必ずあるんですから。だからあなたたちは署名せざるをえない。

男15 クロークになんにも預けちゃだめです。全部チャリティーですから。電灯のスイッチからトイレの洗浄まで、何かに触れたら百マルクは飛びますよ。気がついてみたら下着だけで蠟燭立ての前に立っていることになる……

写真屋 あのぉ、みなさん……ちょっとばかり！ いまちょっとした不備に気づいたんです。第二列右端の女の方の陰に第三列右から二番目の男の方が入ってしまっています。

静寂

男8 いつからでした？

写真屋 中央のカメラですが、たぶん最初からです。

男8 ずっと私がいっしょに写っていなかったと、あなたはそれでも私に告げようとしないのですか？

写真屋　すっかり写ってはいません。
男8　百回もシャッターを押してからあなたは平然と言い放つわけですか？
　　うぅむ。識別できないと？
写真屋　心持ち半歩右へ、それで顔をあげて！
男8　あなたの職業資格を証明するものをなにかお持ちですか？
写真屋　あなたご自分でやってみたらいかがですか？　さあどうぞ！
男8　（声を荒げて）私には写真撮影はできない、この鴨の尻尾がっ！
写真屋　（女13に向かって）じゃああなたは？　私は別に……
女13　私が撮るのなら、私が写らないじゃないですか。
女4　いい加減に批判を受け容れたらどうなんです！
男9　あなたはほんの一秒たりとも私たちのほんのひとりたりとも、その身になって考えたことがないんだ。
女12　いったいいつあなたは私たちのことをまともに見たというんです？
男3　あなたが次から次へと撮っているのは十把一絡げの写真なのだ！
男2　そもそも私たちから本質的なものを見いだそうとやってみたことがあるんです

か？　ひ――

一音ずつ分割されて「ひ・と・り・ひ・と・り・の・こ・せ・い」という言葉が上及び下に向かって列を伝わる。写真屋は腰掛けに座り、合唱からいくぶん離れている。

写真屋　どんな人たちなのか知れたもんじゃない。

全員　い、い、い、なんですって?!

男14　たとえ私たちがどこにでもあるような偶然の端切れにすぎなかったとしても、私たちのたったひとりたりともを一秒でも無視するような――眼から離すような権利をあなたは持たない。

写真屋　（着ているセーターの袖を肘までまくり上げ）さて。

男5　そんな何かやりたそうにうずうずとしてみせないでください！

女12　まるで野心にとりつかれたかのように振る舞わないでください！

男3　いましがた自分の写真機に背を向けたあなたは再びその前に歩み寄っているけれど、

どちらも才能のなさからなのだ！

女6 あなたは運動靴を履いて、痛風病みのように足を引きずっている！

女13 あなたの脂っぽい髪がひっきりなしにファインダーの前に被さってくる！

男9 あなたは露出のときからもう根っから細かいことを言わないでいる！

写真屋が合唱の前に出る。

写真屋 ボクシングで敗れた者はいったいどうやって分け前を受け取るか、みなさんのなかで答えられる方はいらっしゃいますか？

男8 いいですか、そんなの子どもだってみんな知ってますよ！　試合が始まる前に主催者によって額が決められているのです。

写真屋 これはこれは。私にきちんと説明することのできたのはあなたが初めてです。これまではっきりと回答できた人はいませんでした。

男15 あなたなんか我々がふっと強く息を吹きかけて、その気取った態度を吹き飛ばしてやりたいもんだ。

写真屋　あなた方が笑ってしまった、というだけのことです。あなた方自身、いましがた笑われました、親愛なる皆様、最初の一回だけのことにしていただきたい……、間を詰めて！　全体、半歩近づく！　二列目中央の男性、三列目左から二人目の女性と交代。あんたたちをきちんと並べてなかった！　四列目いちばん右の女性、二列目左端の女性と交代。集まり全体が間を詰めて！　一列目右の男性四列目右から二番目の男性と

……（誰も動かない）

男２　最後にもうひと言、群からひとりへと告げておきましょう。統制からはずれないでいただきたい！

写真屋　あんたらがひとつの顔になるまで私はあんたたちの写真を撮る。ひとつの頭——ひとつの口——ひとつの視線。ひとつの顔つき！

全員　（声をひそめて）私たちは合唱……

写真屋　あなた方は——あなた方はみんな、そこに立って好き勝手な数をなしているけれど——あなた方は単一の存在、まったく新しいひとつの顔をもった存在。そう！　そうなんだ！

男３　あなたの大笑いを、古い封印のように我々があなたの顔から破り取ってやろう！

男9　拳を固めてみても、それは脳髄よりもちいさい、それでもときとして丸い地球全体よりも気が利いてるんだ！

写真屋　でもよく考えてみてください。存在するということは見られることです。全能の神ですら人びとのまえに顕現することを諦められなかった。大いなる宇宙全体が、宇宙を観察してくれる存在を生み出すことを諦められなかった。そしてあなた方だって、淑女、紳士の皆さん、あなた方をあまねく見渡してあなた方の本当の姿を明るみに出してくれる、そんな一つの眼に焦がれているじゃないですか！　はっきりと見きわめられたいとあなた方は望んでいる！

全員　（轟くような大声で）やめろっ！

この直後から大きな声でなされる短い命令の連射が個別または数人で発せられ、写真屋はその言いなりに従う。

「二番カメラ！　ファインダーを覗く！　ピントを合わせる！　露出を決める！　シャッターを切る！　息を止める！　息をする！　手をポケットから出す！　額の髪を掻き上げる！　カメラ交換！　忍び足でなく堂々と歩く！　背

筋を伸ばす！　被写体！　左目、右目！　思案する！　アイディア！　観点！　制御！　焦点深度！　全体印象！　額に皺を寄せる！　微笑む！　チャーミングに！　まじめに！　心配する！　慎重に！　ドイッチュラント！　跪く！　下へ！　地面！　下へ！　もっと早く！　伏せる！　下へ！　横たわったままで！　口を開ける！　眼を見据える！　もうぶつぶつ言わない！　息を吐く！　ぶつぶつ言わない！　息を止める！　息終わり！　光を消す！」

暗闇。多声部からなる合唱の低い歌声。
再び明るくなると、写真屋がいた跡にはひと山の衣装と靴が床にあるだけ。

女4　やっとまた私たち水入らずになった……

女12　いま本当ならあれをできるはず……

男5　みんな動いて！

女12　本当ならゆっくり朝食でもとりに出かけられるのに。

男8　ほとんどの写真に私がいっしょに写っていないからって、もちろんみんなが気にすることじゃない。今日のあとの方では実際全然加わってなかった……

女1 もう少し待ちましょう……

背景から若い女性がぶらぶらとやって来る。物思いに沈み、腕を胸の前で組み、視線は地面に向けられている。合唱は皆いっせいに頭を動かして彼女の歩みを追う。

女1 すいませぇーん……

女性が目を上げないので……

全員 （小声で）すいませぇーん……

女1 ちょっと写真を撮っていただけないでしょうか？

男9 私たち、会社のちょっとした記念行事なんです。

女10 私たち、歴史学ゼミナールのちょっとした旅行なんです。

男3　私たち、ちょっとした同窓会なんです。

全員　（穏やかに）私たち、合唱なんです……

女性　私、少しばかり急いでるんですけど。

むやみに長く足止めされたくありませんので、どうかそのためにご協力くださいね。

中央のカメラの後ろに回り、専門家然と三脚の位置を換え、器械の調整などをする。

男14　私たち、いつ合図をされても大丈夫ですから。

女7　私たち、もうその瞬間が目の前に浮かんでいます。

男15　私たち、スタートラインに並んでいます。

女性はカメラを換えて何枚か撮影する。

女性　（ファインダーをのぞき込みながら）調子はどう？　ヨハネス。

男8　あ、ああ。まあまあだ。

女性　さんざんな時代に見舞われたものだったわね。友だちをみんな失い、職もなくなって、奥さんはむごい仕返しをした。子どもたちは家から出ていって、あなたのことなんかとっくに忘れてる。辛いって言おうとは思わないの？

男8　どこからそんなこと聞いたんだ？

女性　私にはわかってるのよ。あなたみたいな人のことはどこからでも嗅ぎ取ることができる。自分を偽っている人のことは……

男8　なんでそんなこと言うんだ？　でもいまもうそんなひどいわけじゃない。

女性　地球が破滅に向かい、地球の財産が不当に分配されているのはわかってるでしょ——それなのに辛いって言おうとは思わないの？

男8　いつもいつもそんなこと考えてるわけにいかないじゃないか！

女性　でもそうしなきゃだめ。

女性はカメラを交換する。

男11 本当にそんなに急いでおられたんですか、お嬢さん……？
女性 もっともな疑問ね。
カメラのちょっと下を見てください。私の膝を。
男2 信じられないくらい正確に光の露出を処理されておられますね？
男5 操作のひとつひとつが喜びにあふれてる。容赦ないまでの的確さだ！
女1 この人だと罠にかかるまでちょっと長くかかりそう。
女7 でもそれだけの甲斐もあると思うわ。
女性 撮影中におしゃべりするのはやめていただけたらありがたいのですが。

合唱が低い声でハミングをはじめる。暗くなってゆく。

第二幕

鏡の前のローレンツ（間違いの世界から）

1

暗い舞台。男が足音を立てて階段を上り廊下を歩いてゆく。扉を開けては閉め、また別な扉を開けては閉めを繰り返す。

ローレンツ　灯り……、灯りはないのか？　スイッチはどこだろう？

扉のひとつを勢いよく開ける。舞台中央、入浴の後で片足を腰掛けの上にのせて体を拭いている裸のデーリアに光が当てられる。デーリアは肩越しに闖入者を振り返り見る。

ローレンツ　あ、失礼！　ここにおられるとは思っていませんでしたので……。まだお戻りではないかと。

ローレンツ扉を閉める。弱い光が女の裸身に引き続き当てられている。三枚の可動式仕切壁が舞台の前に迫り出してくる。中央の壁が後方へ引き下がることで、客席から見えずに舞台への登場が可能となる。ローレンツが現われ、持参した何枚かの建築設計図を左側の壁に留める。鉛筆で修正を加えている、等々の動き。すぐ後に衣装を美しく着こなしたデーリアが壁の間から歩み出る。

デーリア　あらっ！　設計図をもう持ってらしたの？　早かったですね。以前のよくできた作品を引っ張り出してこられたんでしょう？

ローレンツ　とんでもない。この前お話をした後しばらくはさぼってましたが。先日伺ったお考えをいろいろと検討してみたのですが、屋根のついた中庭のようなもののことをおっしゃってましたね。

デーリア （設計図を検討しながらさりげなく）あんなことされてはいけませんでしたのに、ねえあなた。

ローレンツ （同様に）すいません、間違いでした。

デーリア この案では住居があまりに広すぎるように思えますけど。大広間ばかりになってしまいそう。

ローレンツ おおよそ五百平方メートルの建築可能な部屋の図を描いてみました。脇にある四阿の有効面積を差し引きますとこれだけ残ります、縞模様になっているところです。

デーリア ここをどうするんですか？

ローレンツ どうもしません。消防のため必要となります。ここで卓球をしたり洗濯物を干したりできます。

デーリア それじゃあ、三室の広い居住空間はあくまでも残すということですね、それぞれの部屋が全面ガラスの壁でちいさな中庭に面するかたちで。

ローレンツ ええ、台所ですら、ここをご覧ください……

デーリア よその家ではいつも扉をいきなり開けたりなさるのですか？

ローレンツ 下で応対した女性が、あなたは外出中だと言っていたもので——事務所からまだ戻られていないと。

デーリア よけいいけないじゃあないですか。中庭はあなたの案では建物のすっかり外になるのですね？　上を覆うものはないということで？

ローレンツ あった方が良いでしょうか？　この面積のための可動式屋根の設備を据えると、五万から七万マルク程度出費が嵩みますが。

デーリア そうしますと、霰や雪や鳩の糞や――それに日光にさらされつづけるということで？　こんなにガラスばっかりで屋根のうえは耐えられるんですか？

ローレンツ まさにそのことを申し上げたかったんです。たいへん高価な特殊ガラスを使わなくてはならないでしょう、そこで――

デーリア よくあんなことなされましたね？

ローレンツ 申し訳ない。間違いだったんです。

あんなことも起こるものなのです。

デーリア かもしれません。でもあってはいけない。ここの空いているところは何をお考えでした？

ローレンツ ここは場合によっては――あくまでも場合によってはということなのですが――建築

監督局が通路を開けておくよう要求するかもしれません、近くに煙突がありますから。

デーリア　でも隅の方にくらいは緑があっても良いのでしょうね？　最悪のことですよ、何が起こるにしても。あなたは間違いによってもうすべてを見てしまった。

ローレンツ　この点については早いうちから気にかけておきましょう。別な通路を確保できるかもしれませんし。私がどう感じているのかご関心があるというのなら、扉の前でこんな誤りをしたときにはびっくりするあまり、本人には何も見えないものなのです……。突然現われた私の顔を前にあなたはまったく犯されることなくありました、強い魅惑で身を包んで。

デーリア　角はまっすぐになるよう取り計らっていただかないと。屋根裏部屋のような印象がわずかでもあってはなりません。私が決して贅沢を望んでいるわけではないのはご存じでしょう。ただどこも明るくなくっては、灯りもたくさんで。あぁっ？　被害者と加害者とではまったく同じように感じているわけではないようですね。上の階へ行く階段はどうかあんまり急にしないでください！

ローレンツ　ここに階段があることがそもそも気に入りません。部屋を区切ってしまっている。

もう一枚の壁に向かってゆき、別な企画書を留める。

いま私は真っ赤になっていると思います、いまようやくあのことについてお話するのですが、あなたはまとわぬ姿で……

デーリア 拝見させてください、まだ何かすばらしい思いつきをお持ちになっていたのですか？

ローレンツ どうか驚かないでください。第一の解決とは正反対になります。

デーリア だめ……、だめです！　これじゃ丸屋根のついたお墓じゃありませんか！　それともパヴィリオンですか！　屋上の雪室なんて！

ローレンツ どうかお願いします。まずはとらわれずにご覧になってください！

デーリア 丸いのは絶対だめです！　球状のものも、楕円形も！　しまってください！　可能性はほぼゼロです。まとわぬですって？　それがうまい言い回しだとでも思ってるのですか？　私が——まとっていないと？　よくもまあぬけぬけと口になさいますね？　どうかご遠慮なく図面をまるめてください。この案にのることはありませんから。

ローレンツ　それではわかりました。屋根の改築についてはここまでにしておきましょう。先ほどのできごとがどのように起きたのかをゆっくり額をつきあわせましょう。冷静に検討してみようじゃあないですか。

デーリア　ことを切開したらあなたにとって致命的なことになりますよ、どこのお方やら存じませんが。
お気をつけなさい！

ローレンツ　私にしてみたら、ただ早すぎただけだったように思えるんです——そう、いわば定刻前に起きてしまった。

デーリア　早すぎたって、どういうことです？

ローレンツ　私の見た光景のことです。

デーリア　あれがすべてでした。
あなたは自分が得たものをまったく望んでいなかった、あんなにたくさんを。男と女が分かち持つことのできるどんな物語よりもたくさんを。始まりと終わりがいっぺんにあった。あなたは望もうとすることをまったくできなかった。でも私は望んでいるんです。

ローレンツ　何をでしょう？

デーリア　もういちどあれを望んでいるのです、あの視線を、あなたからの、私に向けられた、もういちどそういう機会があることを。

ローレンツ　あんな間違いは二度と繰り返されません。動顚したあなたは清純な被造物だった、一秒のなかのほんのわずかな瞬間、あなたはそうだった――

デーリア　被造物ですって？

ローレンツ　そうです！　ただ、芸術家が創造するような被造物ですが。もちろんこのような裸身をもういちど見いだすためには千枚ものカンバスを費やさねばならないかもしれませんけれど。これは一回だけの、ただ間違いによってだけ起きた、だからエデンの園でも売春宿でも決して起きなかった。

デーリア　あなたは芸術家なのですか？　ご自分をそうお考えで？

ローレンツ　年のいってからのドガが描いた湯浴みのあとの女たちを考えてみてください。枚数を重ねるごとに、足先に手を伸ばして指を拭いている女の身の屈め方、背中のまるめ方には磨きがかかり、よりいっそうはっきりと、よりいっそう露出させて描いていった末に、萎えてしまいかねないぎりぎりのところでついに彼は女性の裸体を創造した

——女の身体がもっている顔が迫り出すまでに到ったのでした。このような美しさはまずはじめに創造されなくてはならない、根源的なもの、裸身、裸体もまたまずもって創造されなくてはならないのです！　世界とは実に虚ろだ、これは酷な言い方ではない、冷徹な物理学なのです、もし眼が創造者でなかったなら、いっさいは混乱した真っ黒な放射になってしまうところだ！

デーリア　裸体モデルの画廊に私を並べて楽しんでみせるあなたの想像力によって、私があなたに向けて放っている冷ややかさがいや増しになっていることにはお気づきでしょう。

ローレンツ　私の考えていたところでは、日常生活があなたの欲情をごく整然としたものにしている。情事にいそしみ、抱きしめられている女性を。デーリア、あなたは純潔を失いながらも、手の触れられないままでいるのです。

デーリア　私にそれを言わせるのですか？　それともそうだと認めなくてはいけないのですか？　そんなことを自らはっきりと口に出すよう、あなたは私に勧めるのですか？

ローレンツ　わかりません。もし私がずっといられるなら、あなたの美しさがどうなるものなのか、自分に訊ねているのです。

デーリア　ふとのぞき見てしまった者をずたずたに引き裂くとき[★2]には、ちぎれたかけらのひとつひとつから新たにのぞき見る者が生まれてくる恐れがひそんでいます。腕、あばら骨、膝、耳、首の一部、どの部分もひとつの新しい全体となっている。それ以前にここにはそもそも犬がいない。私には一瞬にして何かを違うものに変えることなどできない。鹿皮のなかに猟師を詰め込むなんて芸当は。あなたの没落は新たなかたちで考え出されなくてはならないのです。

ローレンツ　別な例を挙げてみましょう。ダヴィデが夕暮れ時に臥所から起き上がり、王宮の屋根の上を歩き回り、屋根から一人の女が体を洗っているところを見た、そして女はとても美しい姿をしていた、そのときどうなったか？　彼は使いの者を送り女を連れてこさせた。女は彼のもとへやってきて、彼は女と寝たのでした。[★3]

デーリア　でも女は汚れから身を清め、ふたたび自分の家に帰ったのでした。この話には二回目の体を洗う場面があるのです。

ローレンツ　城壁の隙間から彼女の愛の戯れの一部が見えている、視界は狭く限られている。むき出しの膝、髭面の口に口づけされている。まるめた手のひらに頬が引き寄せられる。それから軽く巻いた髪のかかった広いうなじ、それからまとわぬほっそりとした肩、そして肩胛骨がゆっくりと上下に動く、そして少しすると帯の巻かれた二本の足がかすかに震えて立っている、その前で女が跪き、長い髪をといた頭を根気よく上げ下げしている……

デーリア ああっ、あなたが微に入り細に入り描いてみせる空想物語で私を楽しませてくれている方が、私を前にしてもう禁じられたことなど何もあなたには思い浮かばない、などというよりたしかにましです。まとうもののない私。まとうもののないバテシバ。これから先どれだけ頻繁にあなたは口にされることでしょう?

2

いささか古びた屋敷の広々とした玄関の間。舞台右手には建物玄関の扉、左手にはパーティが開かれている〈大広間〉への両開き扉。舞台中央には非常に大きな鏡が箪笥のうえで倒れそうにあり、その脇には椅子が二脚置かれている。後方の壁、大広間入口から遠からぬところには化粧室と洗面所に通じる扉。右(玄関扉の脇)には仕切られていない衣服掛けの空間。
淡緑色に着付けた若い女が鏡の前に立ち化粧を直している。

淡緑色の女　私は黒いビロードのうえの輝く真珠……。（笑わずにいられない。同じ言葉を繰り返す。改めて首を振る。）だめ。私にはできない。やすやすと言い出せない。あの人にこんなことをごくごく自然に言えたらどんなにすてきなことか。「私は黒いビロードのうえの輝く真珠。」あーあ。なんとかなるわ。

呼び鈴が鳴る。女は玄関の扉を開け、人が入ってくるのを待たずに左側大広間の中へ入ってゆく。
ローレンツ登場。老け込み痩せこけた滑稽な姿に変貌している。いささか短すぎるレインコート、古い襟巻き、不恰好な皺地の帽子を身につけている。手には一本のグラジオラス。衣服掛けのなかを見回す。

ローレンツ　みんなもう揃ってる……。たくさんの訪問客……。衣服掛けの鉤はどれもふさがってる……。昔、学校に遅刻して、静まりかえった暗い廊下を走っていくとき、お行儀良くコートが下がってる百もの衣服掛けの前を通り過ぎる、遅刻してみんなもう教室に座ってるなかを、ああ、由緒ありげなフード付コート、ちいさなアノラックにジャンパー、縁なし帽に冬靴……。みんなもう揃ってる。分厚いコート、幅のあるケープ。立派な帽子、たっぷりとした襟。お、ヘンリエッテの第二の皮膚をさっそく見つけたぞ！　昔からすっかりなじんでいた革の匂いだ。彼女のコートはぼくたち二人よりも長持ちしたってわけだ。上等品だ。冷たい草のうえに広げてぼくたちの下に敷き、お世話になったものだった！　リーケ[★4]がもう広間にいるのか。こりゃ厄介なことになるかもしれない。最近じゃぼくの悪口をだいぶたたいてる。ぼくがデーリアにばかりまとわりついてるのを見たら。でも今日のうちになんとか彼女と話をつけるためにはそうしなければ。——とにかく彼女のなめし革のうえにおまえのぼろを投げかけて、あれこれ現われるのを見ないことだ。

　　鏡の前に歩み出て、両手を箪笥のうえについて身を支え、頭を下げ、それから上げて、鏡のなかの自分の像に向かう。

おまえがあの人に話しかけるとき——あの人をつかまえて話しかけるときには、頼むから体の調子が悪いことなんかをすぐに伝えるんじゃないぞ。どうかおぞましいおまえの腱炎などに触れないでくれ。今回それはやめておくんだ。あの人に歩み寄っていって健康そうに振る舞え。おまえのことをぼくは信頼してるんだから。ぼくの与えることのできるすべてをおまえは持っている。力、機知、自信に満ちた物腰。もし今回しくじったら、ローレンツ！　どうやったらそれでもおまえに救いがあるものかわからない……

確かな足取りで大広間に入ってゆく。彼の背後で扉が閉まるや、怒りに青ざめた男が飛び出してきて衣服掛けへ急ぐ。直後に彼の妻が追って出てきて閉まった広間の扉に背を凭せる。

軽率な女　お願いだから行かないで！

不機嫌な男　なんで？

軽率な女　ここで人びとのなかにいきなり私ひとりにしないで。

不機嫌な男　そうなのか？　じゃ、俺に気を遣うのか？

軽率な女　いまあなたが帰ってしまったら――

ねえ、お願いだから行かないで！

不機嫌な男　もううんざりだって言ってるだろ、うんざり……

出てゆき後ろ手で玄関の扉を勢いよく閉める。軽率な女は鏡の前に歩み出てうなだれてすすり泣く。ローレンツが広間から出てきて、〈自分の鏡〉の前に誰かがいるのに気づきためらう。女は上体をまっすぐに起こし髪を整え、広間に戻る。ローレンツは即座に女がいた場所に行き、鏡に背中を向けてポーズをとり、肩越しに鏡に向けてしゃべる。

ローレンツ　本当にしくじらなかったぞ。そう、落ち着いて、興奮することなんかない。まだあの人のすぐ前まで進み出ていったわけじゃない。まだそもそもしくじるはずもなかった。

これに続けて体の向きを変えて、文の途中までを、人物に向かっているように鏡に向かって語る。

本日あなたにまたもや――本日あなたにまたふたたび――ここでいまあなたのお目にかかることになり――もういちどあなたとご相談することに。あなたのおそばにいさせていただきたく、ここでいま本日またふたたびこれを最後に……。ああっ！　ぼくの身についている言葉を恥の毒がゆっくりと破壊していく！　デーリアに言葉をひと言向けるごとに心のなかでは赤信号が灯ってる。気をつけるんだ、表現が衰弱してぃる！　調子が外れてる！　……もし今晩最後の最後、おもてなしを享受し、利用し、要求させていただけますなら、それにもかかわらずあなたは私のことを、頭のてっぺんからつま先まで、ただただ仮初めにしかそこにいないように見なしておられる。私のもっとも深い気持ちではそうであるように、私がここを我が家としているなら、私が自分自身の影のように部屋の壁から壁をかすめ過ぎ去ってゆき、壁の上に木炭の先端で終止符を次から次へと打ってゆくのを、いまあなたはご覧になることでしょう。ああ、鏡のなかの姿よ！　あの人はまったく違った言葉を私から聞きたいと思っているる。どんな言葉なんだ？　……

広間へ戻る。葉巻をくわえた男と帽子をかぶった女が次の瞬間差し迫ったように出てくる。

葉巻の男　いまやもうあなたのほとんど半生を私にお話してしまわれましたね？　遅く復員されたお父様が戦前のズボンにアイロンをあてているのが髣髴とするようです。弟さんのことも私自身の弟であるかのようによく知って……

帽子の女は合わせた両手の指先を唇にあてて、自分の相手を吟味するように寸時見て、両手をおろしぶらぶらさせる……。

帽子の女　さあ。あなたにはこれから全部聞いていただきます。

葉巻の男　ああ、いや、いけません……

帽子の女　素早くお話ししますから！

葉巻の男　お願いですからよしておきましょう！　私にはたくさんすぎる……、もうたくさんです！

男は扉を通って広間に逃げ去ってゆく。帽子の女が彼の後を追う。鏡へと急ぐローレンツと扉のところでぶつかる……。

ローレンツ あの人が……、あの人がぼくの前にいた！ ……やったぞ！ 急ぐんだ！ いったいどう言うんだ、どうしたらうまく言えるんだ、「私には完全に不透明で……、すっかり覆い隠されていて――まったく霧に包まれたようで」？ 山ほど言い方はあるのに！ 自分の豊かな国語力を前に萎えたようにぼくは立ちつくす！ ぼくの言葉！ あなたのお手を！ ……不透明？ ああ、鏡のなかの姿よ！ とどまることなく唇から溢れる通りに臆せずしゃべるんだ！ ……とどまることなく唇から溢れるだって？ 不透明……（広間へ戻る）ふ・とう・めい……、どうにも不透明……、どうにもかみ合わない……

初老カップルが広間から玄関ホールへ出てくる。

言い交わした男　なんとかきみに見せたかったんだよ。ずいぶんと話し合ったことだ。ひどく驚くようなことじゃないかもしれないけど、でも――

二人は衣服掛けのところまで歩んでいる。男は自分のコートの内ポケットから拳銃を取り出す。

言い交わした女　それじゃ手に入れたのね、例のもの。

言い交わした男　そうだ。まったく簡単だった。ぼくの訊ねたのは昔の――あ、いや言わないでおいた方がいい。誰から手に入れたのか、考えたってわからないように。少しもびっくりしないかい？

言い交わした女　いまさら取りかかれないんじゃないかしら。私たち二人。これまでずいぶんあまりにもそれについて話し合ってきたから。

言い交わした男　でもいまやぼくの手の中にある。あとはほんのわずか踏み出すだけだ。一歩も必要ない。しっかりと落ち着いて腕を二回動かせばいいだけ――

言い交わした女　そうかしら？　どうなんでしょう。何もかも揃ったとしても、結局適当な瞬間が見つからないもの。

広間から軽率な女と比較的若い如才ない男が出てくる。二人の老人は衣服掛けの壁龕から出ずにいる。

言い交わした女　それを広間に持って入ってはいけないわ。

言い交わした男　その通りだ。みんなの前で突然に……。いやだめだ。またコートのなかに入れておくよ。

如才ない男は屈んで靴紐を結ぶ。軽率な女は少しばかり神経質にセーターの袖を肘までたくし上げる。男は身を起こし、二人は激しく抱きしめ合う。二人は化粧室へ消える。ローレンツが悄然と肩を落として広間から鏡に映る自分の像のところへ戻ってくる。

ローレンツ　たったいまぼくがやったこと、それをひと言で表わすならば、あの人を幻滅させたということだ。

率直な人物が相手ならば、後悔していますと面と向かって正直に言うこともできるに違いない。神の前でならばさほど恐れることもなくそう言えるだろう。少なくとも言うくらいは。こうしたことをデーリアだったら絶対大目に見ちゃくれない。あの人の前に立って、それでも言い出せない。後悔しているんですって?（二人の老人が挨拶をしてローレンツの傍らを通って広間に入る。彼は返礼するが腰を折られることはない。）こんばんは。ぼくは後悔しているのか? 結局のところそんなことはまったくどうでもいいんだ。ぼくたちは大勢のなかにいるもんだから、急いで言葉をかけなくてはならない、すぐに押しのけられてしまう。人づきあいのなかで普通ならそんなあっさりとは口に出さないようなことをぼくがしゃべるように、あの人は強いてくる。たとえそうだとしたって! あの人がこう応えると考えてみよう。「何千回でも後悔なさったところで、そんなことであなたの間違いを起こらなかったことに戻せはしません。ひとたび起きたことを、全能の方ですら起きなかったことになど金輪際できはしないのですから。」（振り向いて左肩越しに背後にある鏡に向かってしゃべる。）で、どうなんだ? もちろんあの人はもう何箇月も前から答えを用意していた。何をしたらいいんだ? あなたの前に跪きましょうか——ここ衆人環視のもとで？　彼女に土下座したってかまわない、ぼくには何ともない、でもそんなことをしたところでぼくたち二人にとって何の助けにもなりはしない。それとも違うだろうか？　ぼくが言っていることは違ってるだろうか？

鏡の方に向きを変える。

鏡は黙ったままわけのわからない人間のことをしげしげと眺めている。

広間の扉から頭髪がいささか乱れた男が首を伸ばし頭を突き出して、玄関の間に向けて大きな声で叫ぶ。

呼ばわる男　ドイッチュラント！

ローレンツ　なんでそんなことなさってるんです？

呼ばわる男　思いっきり吐きだしてしまわきゃならないんです。内側で自分を抑えているもので。

化粧室に行くが鍵が閉まっている。箪笥左側の椅子に腰をかけたローレンツのところへ戻ってくる。

これから共和国は滅んでゆきます。これまでよりももっと終わりに近づいている、と言っておきましょう。奔放な女神ゲルマニアが次に私たちに晒しだしてくれるけっこうな体の部分はどこだと思いますか？　膝でしょうか？　とんでもない。

淡緑色に着付けた若い女が広間から出てきて鏡の前に歩んでゆく。真珠の首飾りをハンドバッグから取り出し首に巻く。

ローレンツ　女性の美しさというものは歴史を遡っても後に下っても、今日に到るまで説得的である唯一の戦争の理由です。それとも、争いの本拠地とでも言いましょうか。あるいはまた、本当の講和が女性と結ばれることは決してない、とも。つまり、女性とは謎でありつづけるのではないでしょうか？

呼ばわる男　女性たちがいる、どこに？　立っている、歩いている、もたれている、どこに？　どこを見ても身体に対する冒瀆ばかりだ！　役割、仮面、衣裳、それらはすり切れ投げ捨てられる。街頭でも、役所でも、ベッドのなかでも、官能に障害のある者たち。眼の虹彩の下まで身を屈め。

ローレンツ　そうですねえ。まあたしかにそれもそうだ。

淡緑色の女　（鏡を眺めながら）この人本気で言っているのかしら？

ローレンツ　そりゃそうですよ。本気です、きっと。

淡緑色の女　でもそれなら悲しいですね。

女は広間へ戻る。その際に、同じ瞬間に洗面所から出てきた如才ない男と出くわし、男は女に先を譲る。呼ばわる男は化粧室の扉を開けようとするが、相変わらず鍵がかかっている。

呼ばわる男　生き方に対して人につべこべ言いもしないし人から言わせもしない、そんなかたちでどこへ行っても生の破壊が進行している……。いまここでどなたかが終えられたところではありませんでしたか？　いましがた出てきた方がいなかったでしょうか？　……女のなかにある悪？

鏡の前に行き自分の顔を近くから吟味する。男が話している間に広間から、太った女、葉巻の男、言い交わした女が出てきて、同じ様に鏡をのぞき込むために呼ばわる男の後ろに並ぶ。

ぼくはそれを至る所で探したのだけれど、どこでも見つからなかった。ぼくはオールドミスとも色情狂ともいっしょにやった。童顔とも母親とも。本の虫とも尻軽とも。筋骨たくましいのとも無気力なのとも……

太った女　すいませんが、少しだけよろしいでしょうか？

呼ばわる男　もうちょっとです。すぐ終えますんで……。丸ぽちゃとも柳腰とも。やんごとないのとも庶民の娘とも……

太った女　なかでいま興味深そうなお相手がいたもので。ちょっとコンタクトを目に入れたいだけなんです。

呼ばわる男　かわいらしい雀みたいなのとも勇ましいライオンのようなのとも……

葉巻の男　私はいま自分の姿を等身大で見る必要があるんです、それ以外は信じない。

太った女　何ですって？

葉巻の男　それ以外はとにかく信じないということです。どうか急いでください。

呼ばわる男　……それでもどこにも女のなかに悪を見つけることはできなかった。パンドラの箱か？　梅毒患者たちのでっち上げだ。

化粧室から軽率な女が出てきて彼女も列に並ぶ。

軽率な女　皆さんは鏡のために並んでおられるのですね？

太った女　お手洗いにはどなたもおりませんね？

軽率な女　いますよ。のぞいてみたらいかがですか……

太った女　なんでまた？

軽率な女　かまわないからのぞいてごらんなさいよ。

太った女　私は――まだまだ！――鏡なんか――決して！――怖がったりしませんよ、奥さん。

軽率な女　でもそうなんですよ。絶対に。
葉巻の男　まるで手洗いの鏡を前にしたらもう無事に出てこられないように聞こえますね。
軽率な女　まったく無事というわけにはいきません、ええ。
太った女　歳のこと？
軽率な女　歳だけじゃありません。とにかく入ってごらんなさいよ。
言い交わした女　お手洗いに行かなきゃならないときには不安になるっていうことをおっしゃってるのですね。
呼ばわる男　あんたはずる賢さを追い求めてる、それどころか卑しいことを求めてる、本当の悪事を——でも了解されてしまうだけなんだ。ぼくが持ってる悪意にほんの少しでも太刀打ちできるような女には、ただのひとりも出くわしたことがない……
葉巻の男　さあ、不平たらたらのフェルディナントさん、私たちだってまだ鏡があくのを待っているんです！
呼ばわる男　(急に意気阻喪して) ぼくのことを不平たらたらなんて言うのはよしてください。
言い交わした女　私の姉が大腿部に黒々としたしみをはじめて見つけたのは鏡のなかでした。八七年夏のこと。そうでした。みんなもう死んでいるなら、ああ。でも自分自身、ひとりで、そう暑い季節のこと……

葉巻の男　黒いしみがないものか調べようと、こうして並んでおられるので？

呼ばわる男　……ぼくは幻滅させられたことはない、だまされたりしたこともない。嘘をつかれたことも欺かれたことも。少なくともぼく自身の欲求に反するようなやり方ではそういう目にあうことはなかった。

玄関扉の呼び鈴が鳴る。呼ばわる男は語り続けながら玄関へ行き扉を開ける。不機嫌な男が戻ってくる。

ただひとり本当に悪かった女性――

本当の女性は女として男のなかにいる。

呼ばわる男は化粧室に入る。太った女が列の前に進みコンタクトレンズを目に入れる。軽率な女は列からはずれて夫に向かい合う。

不機嫌な男 戻ってきた、俺は……、言いたかったんだ……。もうやっていけない。これ以上は無理だ。

軽率な女 その通りだわ。こんなふうなのは無理……。でも戻ってきてくれて良かった。こうしてなにかをくぐり抜けたんだから。最悪な事態はもう終えたんだと思う。

広間の扉から途方もなく醜い人物が頭を出す。

醜い男 お聞きください、皆さん！　お入りください！　……なんだって鏡の前で列を作っていられるんです？（前へ出てくる）第一に醜悪です。第二にパーティにふさわしくない。第三に災いをもたらす。第四に会場では皆様方に戻ってきて欲しいと望まれている。第五に、そもそもなんのためか？　そう福引きです！　福引きがはじまります！　お入りください！　なかへお入りください！　そう、あなたも、こちらのあなたも……

次々に大広間へ招き入れ、ついには玄関ホールでひとりとなり、一瞬間鏡のなかをのぞく。自分の姿に首を振ってつぶやく。「恐ろしや……、恐ろしや。」その後広間へ戻る。短い間。弱い光が舞台を照らし続け、閉じられた広間からは音楽とパーティの騒音が洩れてくる。

ローレンツ　（鏡の前に駆け寄り）変人なんかじゃない！　夢想家でもない！　臆病な鹿でもない！　爪を噛むだけでもない！　物思いに沈むばかりでも、重箱の隅をつついてるのでも、独りでもごもご言っているだけの人間になるつもりもない……。虎が跳び抜ける炎の輪……。ぼくの前にあるのは虎が跳び抜ける炎の輪なんだ。後じさりして、ふぅっと音を立てて息を吐き、そして、跳躍——目の覚めるような跳躍だ！

ふたたび広間に消える。すぐにまた扉の間から頭を出して鏡に向かって叫ぶ……

ぼくたち二人の間に入り込む余地がまったくないほど彼女に密着するんだ！

直後に悄然として出てきて、広間の扉に顔を向けたまま鏡の前に立ち、横を向きながら自分に話しかける。

おまえはどこへ手を伸ばしても捕まえることができない……。おまえのいる場所ではなにもかもが反対向きになっている。水道の水は天井まではね散る。取っ手を下に押すと扉の閂がかかってしまう。口づけから洩れてくるのは罵倒の言葉。決意を固めると手にした花をひねりつぶしている。ぼくのなかの何かが、脳みそと舌の間の何かが、ぼくの言おうとすることを最後の瞬間にもういちどひっくり返してしまう！　最愛のデーリア、ぼくがやさしく素直であろうとすると、あなたはとてつもなくおぞましいことを聞き取ることになってしまう。

呼ばわる男が化粧室から出てくる。広間の扉をローレンツのために押さえてやる。

呼ばわる男　出るんですか、入るんですか？

ローレンツ　いいえ、あ、いや。まずは出ます。やはり入ります。どうしたらいいんだろう。

呼ばわる男　お気をつけなさい。そのうち扉の隙間に吸い込まれてあっという間に消え失せてしまってますよ。

ローレンツ　そんな、この扉にしがみついていれば……

呼ばわる男　よく考えてごらんなさい。いつだって両方の扉を押し開けて、ただ一回思いっきり大声を発すれば、あなたには集まっている全員を追い散らすことだってできるんですよ。骨の髄まで震撼させて。そうすればもっとやすやすと敷居をまたいで……

ローレンツ　そうなんだ。それもそうです。

呼ばわる男の後から広間に入る。淡緑の女が二人を押しのけて出てきて鏡の前に立つ。陰鬱な表情で顔を顰めてみせ、鏡に映った自分の姿に口紅で抹消線を引く。首から首飾りを引きちぎり、衣装のドレスから縦長の布地を一切れ引き裂き、それをマニキュアで赤く染めて頭に巻き付ける。

ヘンリエッテがローレンツの肘を支えて広間から出てくる。

ヘンリエッテ　もう見ちゃいられないわ！　ローレンツ！　笑いものになってるのに！

ローレンツ　笑いものだって？　ぼくが？　まず証明してみせなくちゃ。

ヘンリエッテ　あなたって……。すぐ隣の窓が開いているのに窓ガラスにべったり張りついてる蠅み

たいじゃない！　別な男にいままさに夢中になってる女につきまとって。あの男って
スウェーデン村の新しいアイドルなのよ。

ローレンツ　夢中だって？　リーケ、どこに眼をつけてるんだ？

淡緑の女、足を引きずって広間へ戻る。

火を差し出されてもあの人は、男の拳をやさしく両手で覆ったりしない！

痩せこけた男が広間から出てきて鏡の前まで進み、ハンカチで鏡を拭いて髪に櫛を入れる。

風が吹きつける夜のバルコニーでいつでも繰り広げられる情景を知っているだろうか、ほとんどどんな女でもはじめのうちは、ダンスの後で外の空気にあたろうといっしょに出てゆくと、火を差し出したおまえの拳を長い両手でやさしく覆ってくれるもの……

ヘンリエッテ　どうしちゃったの？　昔のあなたの面影もない。私が前に好きになったのは、人の笑いものになるような男だったというの？　それがわからないの？

ローレンツ　いいや、全然わからない。

左の椅子に腰掛ける。

ぼくはデーリアとなんとか話をつけるためにここに来たんだ。

ヘンリエッテ　なんでまたこんなこっつまんない状況に陥ってるの？

ローレンツ　仕事のためだ。

痩せこけた男　ちょっとばかりお邪魔してよろしいでしょうか――

ヘンリエッテ　いいえ、いまだめです。

痩せこけた男　さっきから合図をお送りしていたつもりだったんですが。

ヘンリエッテ　会場ではもう三回もあなたの前から逃げてきてるんですよ。

痩せこけた男　当人が微塵ほども気づいていない段階なのにあの人は（広間の方へ首を向ける）その人間から腐臭を前もって嗅ぎ取っているのです。今日私たちが出会う三人に一人は、そう、これは証明されていることです、悪が遣わせた使いと考えられます。

広間へ戻る。

ヘンリエッテ　ねえ、私たちがいっしょだった頃のことを思い出して、そんな昔の話じゃない、女性たちにとってあなたは思わず世話を焼きたくなるような人だった。あなたっていろいろな点で……

ローレンツ　どうやってあの人とはじめて近づきになったのかを話してたところだった。仕事のためだったんだ。町中にあるあの人の貸家の屋根裏部屋をぼくが改修することになって、すべてははじまった。そう、通常の屋根裏改築だった。でも意見が一致しなかった。しまいには、ぼくが何を設計して持っていってもあの人の気に入らなくなってしまった。あの人は別の建築家に依頼し、ぼくは――手伝いで関わらせてもらえるだけになってしまった。それが中にいるあのスウェーデン野郎だ。

ヘンリエッテ　どうして抵抗しなかったの？

ローレンツ　ぼくが抵抗だって？　とんでもない。

それ以上に辛いわけではなかったはずだった。でも、ぼくが大きな罪を負うにはもっと別なことがあった。けれどこれについては、言わないぞ！

ヘンリエッテ　ローレンツ、みんながどう見ているのかを私言ってるの。あなたって、デーリアとスウェーデン人との間に間違って打たれたコンマみたいにぶら下がってるんだから。まさに笑いものだって！

ローレンツ　なんだって笑いものなんだ？　それ聞かされるの、これで三回目だぞ！

太った女、如才ない男に支えられて広間から連れ出される。

ヘンリエッテ　どうなさったんです？

如才ない男　たいしたことではありません。軽い虚脱症状です。

ヘンリエッテ急いで手を貸す。太った女は左の椅子に座らされる。ローレンツは広間の扉の隙間から中をのぞいている。

太った女　ありがとうございます。もう大丈夫です。

ヘンリエッテ　お水をお持ちしましょうか？　頭痛薬は？

太った女　いえ、けっこう、何にも要りません。少し休ませてください、ここの玄関ホールで。愛想良く私と話していた男の方にお詫びしておいてください。ありがとうございました！

ヘンリエッテと如才ない男は広間に戻る。ローレンツは右の椅子に腰掛ける。

太った女　私は肥満していて、会場の方々はみんなほっそりしてる。でもそのどこに違いがあるの？　太っていようが痩せていようがとどのつまりは誰からも残るのは、おんなじスコップの上のひと山の塵だというのに……。もしもあなたが二十五年にわたって別な女に取って代わるために戦わなくてはならなかったとすると、ふつうなら体重を減らしてしまうもの。私はずっと増えつづけるばかりだった。あんまり早く衰弱してしまうことのないようにと、いつも思いながら。一生涯私という存在は、彼の愛人でしかなかった。若いときにそう呼ばれていて、髪が白くなってしまってからもそう呼ばれた。もうとっくに愛されなくなっていても、まだそう呼ばれた。彼には決めることができなかった。そして彼女を選ぶか私を選ぶか、誰も要求しなかった。そこで私たちは三人とも輝きを失わないまま円熟期に入った。私が真っ先に衰弱してしまうことがないようにと、いつも思いながら……。もうひとりの女の権利を制限するために私は自分の最良の歳月を捧げた。やがて最初に死んだのが彼だったとき、不意に私は彼女と二人だけになってしまった。いま問い返してみる。二十五年間にわたるこの嫉妬、身も心もこんなふうに絶えず捧げ、ごく微々たる欲望と忙しなさばかり——これが、もうひとりの女より幾夜か多くもつことのできた夜だけの価値があったのだろうか？　それに対して彼女の方はいまでも鉄道は無料乗車、年に三回、社長令夫人として、私は料金を払わなくてはならないというのに。ことごとくこんなだった。（立ち上がる）

ローレンツ　大丈夫ですか？

太った女　ありがとう。もう大丈夫。（鏡の前に進み出る）恥ですって？　あなたが恥をご存じなの？　いえ、衰弱した色狂いの恥なんかじゃない、違う。長く空虚で忙しなかった時間に対しての——意味のなかったあれほどまでの熱意に対しての恥……。今日はもう大広間には戻りません。家に帰って早めに寝ることにします。

ローレンツは衣服掛けへと付き添い、コートを着るのを手伝う。広間の扉が開き、デーリアが出てくる。

デーリア あーら。もうお帰りですか？

太った女 帰らなくてはなりません。すばらしい晩をありがとうございました。とっても充実した気持ちになれました。

ローレンツは不安げに、はじめは右の、それから左の椅子に座る。

デーリア もう気分はよろしいんですか？　車をお呼びしましょうか？

太った女 けっこうです。いまは新鮮な空気のなかを少し歩く方がいいのです。

デーリア おいでいただいてありがとうございます。気分がおよろしくなくて残念でした。

太った女 私がいけなかっただけです。お話ししている最中に。たぶん何にもまともなことを言えなかったからでしょう。

デーリア おうちに戻られたらマルティーン夫人によろしくお伝えください、そして来週は見本市があるので乗馬には行かれないとご伝言お願いします。

太った女 忘れないよう努めましょう。

デーリア ではお大事に！　外は寒いのでお気をつけください。ご無事にご帰宅されますように。

辞去してゆく女の後ろから玄関の扉を閉める。鏡の前に進み髪を整える。

ローレンツ マルクス・アウレリウスの問いを私も立てましょう。あとどれだけなんですか？

デーリア （鏡から目をそらさないまま）全部あなた次第でしょ、ローレンツ。

すばやく広間へ戻る。

ローレンツ （勢いよく立ち上がり鏡に向かって）デーリア？　……たったいま、ここのクリスタルガラスにはあの人の姿があった。たったいま、冷たく磨かれたガラスにはあの人が生きて立っていた。左右逆になった二人のあの人は二倍美しく見えた。天使の姿……。通り抜けることのできないクリスタルガラス。ぼくはぼくを見ているぼくを見る。これがすべてだ。でもある朝、暖かいベッドを後にして冷たい浴室のなかの鏡に歩んでゆき、自分の吐く白い息のもとで最終的に消え失せていることだろう。表面の曇りから一滴つつっと、鏡自身が流した最後の涙のように流れ落ちる。

呼ばわる男と帽子の女が広間から出てくる。〈女性通〉が呈するここでの女との接し方は、むしろぎくしゃくとつれない。ローレンツは広間に戻る。

呼ばわる男　ところでこの前失脚した独裁者、あの血に飢えた獣がスイスに送らせていたのが何百万だったかご存じですか？

帽子の女　とっくにどの新聞にも載っていて誰もが知っていることですのに、私にお話しになるなんて、あなたって浅薄で思いやりのない方なんですね！

呼ばわる男　じゃあまだ広く知られていないことを話せと言うんですか？

帽子の女　知らない女の人に近づいていってはじめて個人的に話しかけるというような場合にす

ら、そんなふうなんでしょうか？　息がつまってしまう、この瞬間にあなたと私の間で生じていることごとくは、なんて悪趣味で、言うに言われぬほどに凡庸で愚かしく、鈍感で、倒錯していて、なんてはなはだしい下劣さなんでしょう！　こういうのを人は、なにかが兆している、とでも呼ぶのでしょうか？　何が兆しているというのです？　なんにも兆してなんかいやしない。あなたの側からは不作法で聞いたこともないような勝手な口出しをしてきた。何が兆しているのか私にはお伝えすることができます。それは底なしの哀しみです。わざとそうされたんですか？　どうかいちどご自分のうえに立って、ご自分の背後に回って感じてみてごらんなさい！　いまこのときの深い深い人間の可能性全体を感じられないのですか？　それがどういう瞬間でありえたかを、感じ取りはしないのですか？　なんと豊富にある感情の混乱が使われないままにあったことか！　どれほど多くの好奇心、注意、機知、優雅さが取り戻しがたく逸せられ逃されてきたことか！　そのような最初の一瞬こそが、二人の人間のおおいなる全体を奇跡の火花のうちにきっと宿しているのではないでしょうか？　……それを味わったことがないのですか？　私が訊ねてみせているのは……、あなたがそれを味わったことがあるのはわかっています。けれどもあなたはご自分の浅薄さに逆らうことができない。ご自分の心のうえに置かれた墓石に逆らうことができない、無関心、冷淡、悪習が絶大なる力でのしかかってくることに逆らえないのです。そう、墓石の下であなたの心臓が激しく打っているのを私は感じ取る。助けを求める叫びが言葉を持たぬまま高鳴っているのが！　あなたは私に合図を送る――その合図はこう言っている。ぼくの言葉を聞かなかったことにしてくれ、これはぞっとするようなきしみの音にすぎないのだ、そのもとでぼくの心臓は、ぼくのおおいなる心臓は動いて……

呼ばわる男　うん、そう、ある人が最終的にはどのようにか理解可能なかたちで現われるよう、その人のことをまっすぐに考えてみる、これは興味深い振る舞いです。もちろん私も知っています。誰かについてとても期待していたことが無駄だったなどと、人は言いたくないものです。その代わりにやがて幻滅が訪れる。危険な瞬間に幻滅が効力を発揮する。さらけ出された相手にすぐさま新しいヴェールをかけられるよう、人は想像力をせっせと紡ぎ出す。そう、そう。あまりによく知っています。

帽子の女　ちょっと申し上げておきましょう。私を使ってアナコンダになってみせようという野心を持ったカタツムリが、あなたのなかには認められます。私が一瞬麻痺するのをあなたは見て取る、あなたの内面が退廃していることに対して身じろぎもしないで驚いている私を利用して、息を詰まらせるような説明をしながら私に巻きついてのぼってくる！

扉の方を向き、呼ばわる男が扉を開けなくてはならないと気づくまで待つ。ローレンツが出てきて鏡に駆け寄る……

呼ばわる男 （退場しながら）もう何年も前から幻想をつくりだす魔術的な技術にかかずらってきた……。もうまったくやらないとは言わなかった、でも——

ローレンツ とってもいいぞ。順調に進んでる。人が見ても万事これでよいのかどうか、すぐにでも確かめてみたかった……、正常かどうか……。スウェーデン野郎との言い争いのなかでたとえばもしあいつが思いがけずぼくのことをヘチマに例えたとして、いったいどうする——即座になんと返す……。あいつが突然思いついて、「おや、ヘチマ頭のご機嫌はいかがですか？」とぼくに向かって言うことだってあるような気がする。そうしたらきっとぼくは落ち着き払い、半身だけあいつの方を向いてやろう——ということは、あいつがしゃべる前に、半ばあいつに背を向けて立っているように気をつけていなくてはならない――そう、きっとこんなふうになるに違いない！――そうしたら、いちばんばかにしきった感じになるようにちょっとばかり肩越しの見下した様子であいつの方を向いて知らしめてやる――ごく簡潔にあっさりと、冷ややかに――「顔にそんな吹き出物がありながら人びとの前に出ていらっしゃるのなら、せめてふさわしいネクタイくらいはおしめなさい」……。こりゃ痛いところをついただろう。これを上回ることはできない。これであいつはその場でぐうの音も出ない。うん、まさに上回ることができない。言葉で打って出ることはできない。ここに問題がある。おそらくやつは、腕にものを言わせるところまで追い込まれてしまう。受け答え方を少し和らげなくてはならないな。もう少し柔らかでも効きはする。「もし誰か吹き出物があるなら」――「吹き出物」がもうそれだけでとっても差別的だ。実際のところあいつにあるのは吹き出物じゃない。ちょっと赤みがかったしみだ。「吹き出物」というだけでもうひどい対応をしたことになる。「もし顔にちょっと赤みがかったしみがあるなら」――だめだ、そんなんじゃ話にならない。もっと端的に、機敏に、辛辣に。ひと言で。寸鉄人を刺すように。

老人然とした言い交わした男、広間から出てきて衣服掛けへ入ってゆき、広間の扉を開け放しにする。

言い交わした男 こんばんは。

ローレンツ （顔を向けないまま）こんばんは。「顔のしみにはやっぱり黄色い包帯は似合いませんよ！」妙に聞こえるな。いくぶん曖昧だ。曖昧なことを言ってるわけじゃないんだけれど。でもスウェーデン人であろうがなかろうが、こちらが言外に匂わせていることを感じ取るように計算しておかなくてはならない。

広間よりパーティの騒音と男の声。「この新しいドイツがあんたたちにとってどれだけのものなのか聞くたびに、おちおち椅子に座っていられなくなるよ！」

ローレンツ おっ、くっだらねえことほざいてるぞ。「あなたが椅子に座っていられないという事態を前に、私は三倍も深く椅子に身を沈めるのです！」

この言葉を口にしながら広間に入ってゆく。言い交わした男がハンカチを持って鏡の前に立ち、鼻をかんで拭き取る。直後に広間では一同の悲鳴。言い交わした男は急いで入ってゆき、両の扉を開く。客が全員で半円を作っている。ローレンツが床から身を起こし、玄関ホールへ出てくる。鏡の前を通り過ぎるとき、向きを変え人差し指を軽く立てて自分自身を指し……

ローレンツ あんなことになってはいけなかったんだ、おい。

衣服掛けまで行く。みんな彼をじっと目で追う。皺地の帽子とコートを着けてふたたび前へ出てくる。

言い交わした男 あっ、しばし！ ちょっとお待ちなさい！ コートを取り違えてます。私のコートを着ておられる。

ローレンツは無意識的にコートのポケットに手を突っ込み自分のコートであるかどうか確かめようとする。彼は拳銃に気づき、それを人の目にとまらぬよう抜き出し、ズボンのポケットへ入れる。

ローレンツ　たしかにそうでした。私のコートではない。間違いです。悪気ではありません。

ふたたび衣服掛けへ行き自分のコートと取り替える。広間入口の両扉が閉まる。ローレンツは鏡の前に歩み出る。

笑いものか。単なる笑いもの。

鏡のなかに幕開きのときと同様裸体のデーリアが同じ恰好をして現われる。右の肩越しに首を回してローレンツを見る。

デーリア　あなたが見て……

ローレンツは帽子を顔の前までおろし、拳銃を取り出して顔を隠したまま自分を撃つ。広間には突然の静寂。扉がわずかに開く。最初に醜い男が顔を出す。それから二人、三人と続く。闇。

第三幕

いまから

支度の整ったテーブルが三列に並ぶちいさなレストラン。両壁際には長椅子。花・植物で飾られた丈のあまり高くない仕切り壁が客室の背後にある。左右は仕切りがなく調理場とバーに通じる通路。いちばん背後の食卓に、四十歳台後半の美しいが一見すれば異様な感じを受ける女性、アニータ・フォン・シャーストルフと、彼女の年老いた母親が座っている。二人は隣り合わせに並び、顔をレストラン入口、街路側に向けて座っている。

左側中央のテーブルには、書物に没頭している本を読む男が一人で座っている。器量が良くいささか若々しい立ち居振る舞いの男性パトリクと、小柄で敏捷な体つきのウルズラが入口扉から入ってくる。二人とも三十歳台半ばくらい。二人は右側中央のテーブルに、壁を背にして隣り合わせで座る。

ウルズラ　（まだ戸口から）とにかくいまはひとつ、決定的にわかったことがあるの。遠洋航海のヨット乗りがいるとするじゃない。あなたは何年もこいつと二人だけで外洋に出ていたとして、どんなときも風に吹きさらされた二人だけできたのに、この男は隣にいるあなたなどおかまいなしで最後のよりおおきな孤独を夢見ている、こいつはあなた抜きでの冒険を夢見ているの。コリンはカナダ人なんだけど、もうちょっとのところでホーン岬を私はこの男といっしょに周航するはずだった。南太平洋を三箇月間、男、女、船、そして骨の折れる海。雹に霰——雪崩のように雪原から押し寄せてくる暴風……。フエゴ島をご存じでしょう、ここはコルシカ島なんかじゃない！　ということはつまり、ただ転覆しないように、あるいは五階建ての建物ほどの高さの大波にマストをへし折られないように、潮目が鎮まるのを待ったり、サイクロンに立ち向かったりして、いっしょになってすべてを賭ける！　ついにはプエルト・エデンに上陸し、インディオ学校の共同寝室で一夜を過ごしている、するとこいつが突然立ち上がる、あなたの脇にいる男、このどんな作業にもあなたが力を合わせてきて、何年もの歳月にわたってアラスカ湾、アレウト列島、ベーリング海峡、フィリピン海をあなたがいっしょに制覇してきた、もしこいつが寝ていたり病気だったりした場合には、綱の端々を握り装具を備えたり水深測定をするようなどんな場合でもあなたが代わってあげることのできた男、危機に陥ったときにもしかしたら世界でいちばん頼りになるかもしれないペアを組んできた男——真夜中に、ホーン岬の七十マイル手前で、あなたはわずか数言で知らされる、もう何年も前から彼がすっかり崇拝している対象、ひとりの女とともに修練をさんざん積んできたその目標、それは結局のところ単独ヨット航だったんだと。私抜きでの旅。さっき言ったようにフエゴ島、ここはコルシカ島じゃない。あそこの天候は厳しいんだから。

母親 （話をしている女のテーブルまでやってきて）失礼しますが……、フエゴ島についてお話しになっているようにいま娘が聞こえたというもので。娘自身何箇月か前にそこに行ってきたばかりでして、どなたかと旅の印象など交わすことができたらいいなと思っているのです。

ウルズラ はあ？　そうですか……。いまこちらのこの方とお近づきになろうとしているところだったんです。この方、フエゴ島のことをまだほとんど知らない、それを知らないもんで……

母親 そうでしょうねえ、ちょっと失礼します。

二人のテーブルの前に腰掛ける。

それでもですね。娘でしたらきっと聞いておいて損のない情報をお伝えできるでしょうに。あの子ときたら世界の半分を知ってるんですから。どうか私に手を貸してください……。私にはどうにも難儀なんです、信じてください。あの子が一日中私のそばにいる。一日中私はあの子と二人っきりなんです。三人の息子はもう長年外国暮らしです。大家族でして、一年に一度集まるんです。いま孫は七人います。アニータは——むずかしい人間でして。母親に楽をさせてくれない。二十歳の頃からもう何日も父親の書庫にこもっていまして、本に引っ張った線をいまに到るまであの子はそのまにしてるんです!

呼ばわる男が店の扉を勢いよく引き開け、「ドイッチュラント」と大声をたて、ふたたび消え去る。レストランの亭主が本を読む男に白ワインのデカンタを出す。

本を読む男　いまの奴、何のつもりなんだろう？

亭主　知ったことか。何日も前から通りという通りを駆け回っていて、建物の入口に向かって片端からあれを叫んでるんでね。すっかり息をきらしてる。でも今日は本当に何かはじまってるようですよ。ニュースだと奴らが国境を開けようとしてるということだったけど。

本を読む男　本当とは思えないな。

亭主　あっちじゃ大混乱の手前までいってるんです。今日は国境を開けて、明日はまた閉じる。間違いだったということにして。上から下まで大混乱というだけで、もしかしたらなにか起こるかもしれないですよ。

母親　（ウルズラとパトリクに向かって）あの子の父親は、私の最初の夫になりますが、まだ褐色の奴らの時代に亡くなっています。そして明日が九十回目の誕生日なのです。あの子の具合が悪くてねえ。この何日もろくなものを食べてない。やっていける体力がないんじゃないかと思うと心配で。九十回目の誕生日ということであの子はまたすっかり心かき乱されてしまったのです。

ウルズラ　ええ、わかりますけれど、でもいま私もまだもう少し話さなくては……

パトリク ぼくにはかまわないでこの人の席に行っててていいよ。ここで待っててメニューをよく見てるから。(亭主に向かって) とりあえずシェリーを一杯、辛口でお願いね。で、あなたは?

ウルズラ 私もおんなじのね。私の傍らにいながらコリンが単独ヨット航以外の何も夢見ていなかったことがわかってからというもの、私たち何もかもうまくいかなくなってしまった。風下に向かっているとき、ごく通常の動作だったのだけど、三角帆の主柱が真っ二つに折れてしまった。その直後に船は霰の突風のなかに陥って、突然八オンス帆がずたずたに千切れて飛んでいってしまった……

母親 その話を娘にぜひしてくれなくてはいけません! どんなにあの子を喜ばせることができるか、全然わかっておられませんが。

ウルズラ まあそれじゃあ。ちょっとやりましょう。(パトリクに向かって) 本当にきっと待っててくれます?

ウルズラと母親がテーブルから立ち上がる。同時にアニータも自分の席から立って前へ進み出てくる。

母親　感謝に堪えません。

ウルズラとアニータ、中央列の中央テーブルの前で向かい合う。母親はふたたびその背後のテーブルにつく。

アニータ　（気まずそうに鼻の頭をつまみ）ああ、ええ。ようやく。
ウルズラ　お掛けなさい。というよりいっしょに掛けましょう。どの席がいいでしょう？
アニータ　どの人をご覧になっていたいです？
ウルズラ　ここにどうぞ、私はこちらに。
アニータ　どうでもいいですよ。
ウルズラ　私はできたら眺めが――
アニータ　外の眺め？
ウルズラ　いいえ、反対。それでは、そう。

二人座る。

ではフエゴ島をご存じだそうで？

アニータ　ええ、ええ。でももうかれこれ何年も――

ウルズラ　私はほんとにあそこから戻ってきたばかりなの。いま私の……、えっと同伴者にお話ししてたところなんだけれど、信じられないくらい――

アニータ　フエゴ島では霜の降りない月はない。ご存じですね、なんでフエゴ島というかというと、[★5] マゼランが後に彼の名前にちなんで名づけられた海峡を通り抜けたとき、インディオの火が昼も夜も燃えているのを見たからでした。

ウルズラ　知ってます、そこにいたんですもの。

アニータ　ご覧になったはずがありはしない。火はとうの昔に消えてしまった、インディオの魂も。

ウルズラ　全部じゃないわ！

アニータ　どういう意味で私が言っているのか、あなたは全然理解していない。

ウルズラ　よく理解してます。フエゴ島について私から何を聞きたいんです？

アニータ　フエゴ島については私自身が相当よく知ってます。

ウルズラ　そうですか。じゃあまずお聞かせください。

アニータ　ダーウィンがビーグル号でこの群島を訪れたとき、原住民の醜悪さ、筆舌に尽くしがたい未開状態を、彼がどれほど容赦なく描いたか覚えておられますか？　このように能力の乏しい存在と、他方でのアイザック・ニュートン卿のような存在とが、どうして同じ種に属しうるものか?!　ダーウィンはこのように自問していました。

ウルズラ　ダーウィンとビーグル号はちゃんと調査する労を惜しんだんじゃないかしら。たとえばアラカルフ族がいったいどれだけのことをやり遂げているのか、昔もそして今でもどんなに巧みにこのインディオがカヌーをつくっているか、必要とあらば船を修繕できる数少ない人びとであるか、とかを。

アニータ　これでやっとご同席した甲斐もあるというもの。

不釣合なカップルがレストランに入ってくる。革ジャンパーを着た若い女ゾルヴァイクと、中年男ルードルフである。二人は上着を脱ぐ。ひとりテーブルで紙ナプキンを小さく折りたたんでそれをテーブルの脚の下に押し込んでいるパトリクのことをゾルヴァイクは目に留める。

ゾルヴァイク　うっそみたい！　ほんのちょっと前までここであなたに会えるなんて夢にも思ってなかった。ほんとうはこの店に入るはずじゃなかったんだけど。でもこの辺りを見てたら、突然パトリクがなかでストロガノフを前に座ってるって考えたの。夫のことを私が紹介するともうあなたは青くなって驚きのあまり呆然となっているのが見えるようだったわ。本当に驚いてるのね――予感してた通り本当に驚いちゃって。（二人の男を引き合わせる）こちらパトリク・ヴァイスマン、こちらはルードルフ・ベルテレス。一年半前に、そう、正式に結婚したのは。自分でもまだすっかり信じ切れないの。さあ、手を取らせて、この歴戦の強者の、で、どんな調子？

長椅子の彼の隣に座る。一方夫の方は本を読む男がひとりで座っているテーブルに向かってゆく。

ルードルフ　ああ、もう来てた。いつものように本に鼻を突っ込んで。

アニータ　（ウルズラとの会話を中断して口を出してくる）そんなふうにしてみせているだけ。本の向こう側で聞き耳を立ててるんだから。この人がいると一語たりとも盗み聞きされないまま済まされやしない。

ルードルフ　（本を読む男に挨拶する）あんまり長く待たせてなかったらいいんだけど……

ゾルヴァイク不審そうにパトリクの横から立ち上がり夫の後を追う。

ゾルヴァイク　ちょっと、ルードルフ、ここ〈盾の館〉で待ち合わせしてるなんてひと言も言ってくれてなかったじゃない？

ルードルフ　（気まずそうに、視線を友人に向けながら）う、うん、そうだけど……

ゾルヴァイク　（本を読む男に向かって）ごめんなさい、でもすんでのところで、もし最後の瞬間に私が違う店に決めてたら、今頃私たち日本料理屋に入ってたのよ。

アニータ　（ゾルヴァイクに）そうそう、思い悩むのよ。思い悩んで自分の墓穴に落ちるの。

本を読む男　と言うことは、きみの本心じゃあ、ぼくなんかに会いたくなかったということなの？

ルードルフ　いやいや、とんでもない。だって待ち合わせてたじゃないか。

ゾルヴァイク 私たち今晩決めてあったことをとっさに変更したんでしょ、まさか違うなんて言わないでしょうね？

ルードルフ そりゃそうだが……

アニータ 気よ！　これが気なのよ！

母親 アニータ、静かになさい！

アニータ 気がどういうものなのか、あなたたちはきっと露ほどもわかっていない。

ゾルヴァイク 私に言ってるの？

アニータ （ウルズラに）気とは、人間に潜む大地の力なの。気はあなたの膝のなかに入り込み、好き勝手に足取りを導く。

ウルズラ ねえ、あなたはこれまでの人生でフエゴ島になんか行ったことないと私思う！

アニータ えっ？

本を読む男 それじゃあきみは、一方でそのつもりでいたのに、また一方ではそのつもりがなかった、ということなのか。きみにとってはどっちでも良いということで。

ルードルフ なにかをしたいと思うと、いつでもそれに反する気持ちが生じるんだ。

本を読む男のテーブルにつく。ゾルヴァイクはふたたびパトリクのテーブルにつく。

アニータ 何もかもを、私のしゃべる何もかもを疑ってかかるような誰かと、話し合いをするだけの甲斐があるかどうか私にはわからない。ほんとうにそんな甲斐があるの？

ウルズラ立ち上がるが、パトリクのテーブルの自分の席がふさがっているため躊躇する。

アニータ いいえ、ここにいてください、お願い。そんなつもりじゃありませんでした。怒りはもう収まりましたから。それであなたはマレイ水道の北端までたどり着いたんでしたね。ホーン岬手前七十マイルのところを走り、危うく難破しかけた……。その先を！

ルードルフ かねがね自分でも問いつづけてきたんだ、なんだっておまえはそんなにひどい生半可な気持ちで何事も決めるのかって。

本を読む男 それで？　答えは見つかったかい？

ルードルフ いいや。少なくともはっきりした答えはない。でも結局のところ、それだってどうということない。生半可な気持ちで家を出ていって、心をいっぱいにして帰ってくる。大事なのは結局そのことだ。

本を読む男 レオパルディがとってもうまいことを言ってた、人の探しているもの、それはもう向こうの側からもずっと探し求めている、って。

アニータ 私の知っているかぎりでは最初に言ったのはアッシジの聖フランチェスコでした。

ルードルフ (亭主を呼ぶ) ヘルマン!

母親 アニータ、みなさんをそっとしておきなさい。わかってるでしょ、しまいにはどうなるか……

パトリク (ゾルヴァイクに) この店に来る気なんかちっともなかったんだ。成り行きでこうなった。ほんとに彼女に何にも企んじゃいない。

ゾルヴァイク その成り行きがそのうちもっと進んだらどうなの?

パトリク 知るもんか。そうなったら——首尾一貫してないことのひとつの結果だな。

亭主がルードルフと本を読む男のテーブルの前に立つ。

ルードルフ メニューを置く台がぼくには必要だ、こんな文字じゃ、手を伸ばしてももう読めないよ。

パトリク なんていう奴を捜し出してきたんだ? あんなのかよ? 突きつけられた難問をぼくたち二人で乗り切った後だったのに、つまらない解決だな。

ゾルヴァイク そうは思わない。あの人は奇跡なの。あなたはあの人のことを知らない。七つの言語を流暢にしゃべる。芸術を蒐集してる。心を持ってる。

パトリク ぼくたちが勇ましく送った短い過去をきみは汚してる、それじゃイタチだよ。

アニータ (パトリクとゾルヴァイクに)乏しい炎をふたたびかき立てようっていう心の準備はいつもできてますか? 危険を冒してちょっとばかり後戻りしてみせる心の準備は!

亭主 (アニータに)お願いですから店から出て行ってください。

アニータ どうして?

亭主 先週もすでに言ったじゃないですか。うちのお客に迷惑をかけるのをやめないならたたき出しますよって!

母親 この子はどなたにも何もしてません。

アニータ　ここで私は、小鳥がさえずるあなたの店、バー鳥かごのなかのちいさな雛にすぎません。

亭主　はじめてのときにすぐにわかった、店に入ってくる前、道にいるときにもう。こいつは突っかかってくる類の女だって、俺にはわかった。突っかかりたくてうずうずしてるのが薬のせいなのか、それともアルコールのせいなのかはわからない、ともあれうちには来ないでもらいたい。

母親　（ハンドバッグからウイスキーのポケット瓶を取り出して）何を飲んでいるかおわかりですか？　水です。真水です。ほら、アニータ。（小瓶を娘に差し出す）

亭主　先週もここでさんざっぱらしゃべくりまわって……

アニータ　でもこのお店でただおしゃべりをしてただけじゃないですか。しゃべっていたのは私一人じゃないでしょ！

ウルズラ　この人はずっと怒ってる、休む間もなく、静かに座って耳を傾けているように見えるときにだって、いつも何かしら怒ってる。

母親　この子が味わわされた思いの何をご存じだというのですか？　この子は一年コルドバで働いてまして、そこである弁護士と婚約していたからなのですが、一年間スペインでは苦しめられるばかりでした、でも何にもしていません、単なる恋の悩みです。もういまではすっかり落ち着いています。あの子をそっとしておいてください。

亭主　（アニータに）どうかお引き取りください！　警察を呼びましょうか？

母親　（後ろを向いて肩越しに母親に）じゃ行く？

アニータ　いいえ。そんなつもりはありません。誰も私たちに無理強いすることはできない。私たちはちょっとばかり疲れてしまいましたし。

アニータ　本当に私たちのことを警察に連れて行かせるつもり？

母親　あなたをここに一人で座らせておくわけにいかないでしょ。

アニータ　私がここにいていいかどうか、お客さんたちに民主的に決めて欲しいわ。

母親　明日はあの子の父親の九十回目の誕生日なのです、四四年の中頃にナチによってうちの領地で銃殺されたのでした。あの子の父親のことをご存じないかもしれませんが、ハンス・ウルリヒ・フォン・シャースとルフといいまして、当時抵抗運動に係わっていました。歴史家のあいだでならすぐそれと知られています。この人の有名な日記をあの子がつい最近新しい版で編集したのです。それはあの子にとってたいへんな負担です。

アニータ （立ち上がる） この女はこのうえなく速やかに家の中からお父様の追憶を消し去ってしまった。私はこの世に生を受けてまだ一年も経っておらず、犯罪はそれを遡ることかろうじて八ヶ月、ロスアマー氏の交尾の歌にこの女は屈し、そして戦争が終わる直前には実際にロスアマー氏と結婚までしてみせた！

母親 仕方なかった――ほんとうに仕方なかったんだよ！　どうしたら良かったたって言うの？　四人の子どものおなかを満足させせなくてはならなかったのに、父親は多くを遺せるほどにはやりくりがうまくはなかった、それに農園は新しい主人を必要としていた！

アニータ それがロスアマー氏！　幸いにもあの人が私たちを長いこと養いつづけることはなかった、というのもその後五〇年春にあの人は、ずたずたになってしまったのだから、あの人は私たちの畑地を耕地に分割した際に不発弾を掘り当てたのだった。

母親 あなたは容赦がないのだから、アニータ。あなたに流れている血は偏狭だわ。父親と違って。お父様はキリスト教徒で、神の前でも人びとの前でも謙虚だった。あなたには信仰がない。

アニータ あはっ？　お父様があなたを容赦したとでも？　一九四四年六月十八日から二十五日

の一週間、はじめてお父様が拘留されたとき、何が起きたのでしたっけ？　そして、突然思いがけず帰ってきたとき、家で誰に出くわしたのでしたか？　覚えてますか、お母様？　あなたはお客を迎えていた。それはお父様の――かつての――親友だった。家族全員の親友だった、ですよね？　ただ奇妙なのは、これについて書かれた日記に見られる記述です。ただ一行、「ぼくの誠実な人、唯一の愛していた人、それを失った！」

母親　お父様は私を失ってなんかいない。それは事実ではありません。日記なんて一時的な気分で書かれているものです。拘留から戻ってきたところなので、魂の底から恨みと怒りが湧き上がっていたのです。このままそっとしておいてはもらえないだろうと彼は予感していて、自分でも言っていました。

アニータ　ロスアマー奥様、思い起こされてくださいな！　うわべだけ麗しい言い逃れをするには、そのお歳では遅すぎます。本当のことがすべてはっきりとするまで、まだだいぶ時間が必要になる……。ともあれ、ベルリンのリポルト大佐が、偶然がそれを望んだかのように、ちょうど訪問していた――

母親　あの方はいろいろな点でお父様とお考えが一致していました。長年クライザウ・グループ[★6]と連絡を取っていたのです。

アニータ　そうでしょうかね？　お父様にとってそうではない。旧友に長いこと家への出入り禁止を言い渡していました、臆病風を吹かせたこの人のヒトラーへの忠誠に嫌悪を催してのことだった。よろしいですか、それを妻の方がふたたびこの男にこっそりと家の戸を開けてやっていた、それも、お父様が肺を病んで独房に伏せって、自分の妻のために祈っている、まさにそのときに！　すべて記されているのです！

母親　ええ、リポルトはやって来ました。あの人がやって来たのは、このうえなく暗い時代に私たちを援助するためでした。彼は農場が押収されるのを防ぎに来たのです。

アニータ　「唯一の愛していた人、それを失った！」

母親　日記の中のたった一行にあなたはこだわっている、そんなことをしてたら、どんな些細な諍いも後から見ると地獄の入口になってしまう！　何もかもがとうの昔の話、それが日記の記述はまるで昨日のことであるかのようにおかまいなしに語る。あなたはこの時代をいっしょに味わったわけじゃないでしょ！

アニータ　どこかで泣いている、誰かが……違うかしら？　やっぱり近くで泣き声が聞こえる……しぃっ！

本を読む男　（ちいさな声でルードルフに）さあ、行こうよ。どういうふうに終わるのかわかってるんだ。この二人にはいちどもう遭遇したことがある、夜の地下鉄駅で列車を待ってる客の前でだった。どこでも何人かの人が何も知らないで集まってくるところで、彼女が大騒ぎをやらかして母親を告発する。

パトリク　ところで、フォン・シャーストルフお嬢さま、お父上の日記を私は存じております。私たちの研究所でつい先だって分析をしたのです。

アニータ　どうか私にお嬢さまなどとつけて呼ばないでください！

本を読む男　あいつら物乞い楽士とおんなじでこの後で帽子を逆さにして集めるんだ。パパの栄誉のために。

ルードルフ　あのかわいそうな婆さんのこと想像してみろよ、夕方になると娘と一緒に出かけなきゃあならず、自分の役を演じるのに、どんなにぞっとすることか！

本を読む男　それでもただただオールドミスのためにやってるんだ！

呼ばわる男が戸口から飛び込んでくる。東ドイツからやって来たカップルを連れている。カップルは控え目で、灰青色のブルゾンを着ていささか不恰好に映る。

呼ばわる男　ドイッチュラント！　これが歴史だ、と言おう、ここで今日、と言おう、ヴァルミ、と言おう、ゲーテだ！[★7]　そして今度は我々がそこに居合わせた。国境が開いたぞ！　壁が崩れる！　東が……、東が自由になった！（ふたたび走って街頭に戻る。）

ウルズラ　（及び他の人びと、いくぶんおずおずと）本当にようこそ！

パトリク　どちらからいらしたんです？

ブルゾンの男　フリードリヒローダ[★8]からです。ぼくたちすぐに飛んできました。ラジオで言ってること信じられなかったです。

母親　まあお掛けなさい！　きっとお疲れでしょう。フリードリヒローダからベルリンまでですと。

ブルゾンの男　ぼくたちの自家用ジェットで三時間半です。

ブルゾンの女　ありがとう、でも私たちをここに連れてきてくれた若い男の方を待っていたいんです。

ブルゾンの男　大地がぼくたちの足の下でまだ少しばかりゆらゆらしているのに、みなさんも気づかれたのではないでしょうか。

ブルゾンの女　ごめんなさい、まだ何もかも混乱した夢をみているようで。ごめんなさい、もし私たちの振る舞いがちょっと変なようでしたら。

本を読む男 これであなた方のところではすべてが変わると思われますか？

ブルゾンの男 ええいえ、といったところでしょうか。

ブルゾンの女 ええ、と、いいえ、ということです。どんな奇跡がまだ起こらざるをえないものか、わかりませんから。あんまりにもたくさんがたがたです。

ゾルヴァイク でもいまあなた方は自由に西に来て、また家に帰れる。これで胸に重々しくのしかかっていた墓石が除けられたに違いありません！

亭主 こちらの町でこれまでに何をご覧になりましたか？　どうでした？　こんなふうだと思っておられましたか？

ブルゾンの男 ぼくたち、まずディスコに行って少し暖まりました。コーラ一杯が二十五東マルク[★9]するって言われてしまいました。

ルードルフ あなたたち全然打ち解けてませんね。でもめちゃくちゃ嬉しかったでしょうに？

ブルゾンの男 そりゃもう。えらく嬉しいですよ。それにみなさんと議論できるのも楽しみです。

呼ばわる男が戻ってきて二人の背後に立ち、両腕を二人の肩に回す。

呼ばわる男　モンテカルロが実在すると四十年間信じることのできなかった人びととはこんな顔をしているのです。

ふたたび街頭に駆け出てゆく。

アニータ　（ブルゾンの二人に向かって）泥沼のなかで鰐が口をぱっくりと開けてがさごそと動いてますよ。でも心配しないで！　お腹を空かせているからではなくて、歯に挟まった蛭を乾燥させようというだけなんだから。おわかり……

ブルゾンの女　私たち、そんなにひどい暮らしじゃなかった。でも欺瞞のなかで生きていた。

ブルゾンの男　何にも信じちゃいなかったけど、欺瞞によってもっと悪い状態から守られているものと納得していた。

ブルゾンの女　共和国は、私たちが本当に作り上げた唯一のもの。

パトリク　あなたたちのなかで何が進行しているのでしょう？　ここでいま、この瞬間、あなたたちのなかで実際のところ何が進行しているんですか？　どうか教えてください！

亭主　もしかしたら明日には国境がまた閉まってるかもしれない。

ブルゾンの男　自分の働いている企業のことしかお話しできませんが。そこで支配しているのは、括弧付きの純然たる過剰経済です。五百台のモーターが生産されながら、それがラインに乗る前にひとつ残らず古びてしまう、まあそんな具合なのです。誰にももう使えません。そこで括弧付きの利益は本当のところ、スクラップにすることによってのみなんとか獲得されます。

ブルゾンの女　私たちが向こうにとどまっているのは、祖母と子どものイヴォンのためです。向こうに残っている医者も、西では見込みがないとよくわかっている人たちだけです。子どもがちょっと咳でもすれば、ペニシリン漬けにされる。それ以外なにもしません。発疹が出て下痢になり、ますます具合は悪くなってしまう。

呼ばわる男　（ふたたび扉から飛び込んでくる）六十――七十――八十万人！　町がはち切れんばかりだ！　壁をのぼって乗り越えてくる、検問所を走り抜けてくる！　いらっしゃい、いらっしゃい、さあ速やかにいらっしゃい！　見ず知らずの者同士が抱きしめ合って横たわり、人民警察官が監視塔で踊り、町は特別なお祭りだ！　いらっしゃい！　さああなた方もテーブルに張りついてなんかいないで！　こんな喜びを味わえることは二度とないのだから。

アニータとパトリク以外の全員が立ち上がり、呼ばわる男によって通りに誘われる、最後に母親と本を読む男も出てゆく。

本を読む男　（本を閉じて）四百四十ページだ！　ここのページの角を折って歴史を刻んでおこう。『ジーベンケース』[★10]のなか、穏和さの祝祭のすぐ後で時代が換わったところだ。そこではまさにこう書かれていた。「この生の宵の星々のことごとくがいつか明けの星々として我々の前に現われよう。」さあよし、外へ行って最新のペテンを見てやろうじゃないか、宵の明星たるウェヌスが宵を朝であるとドイツ人に信じ込ませようというのなら！

本を読む男、出てゆく。アニータは、中央列もっとも後ろのテーブルの、彼女がはじめにいた席に着く。

アニータ　それは三万人の戦争捕虜からなる巨大な竜だった、落ち着きのない目で雪のなかを転げ回っている。果物かごや段ボール箱を黒い足先に履いた者もいる、彼らにはもう靴がないのだ。凍死寸前の男が死後硬直している息子の耳にご機嫌ようと囁く。四五年二月がやって来た、穏やかな早春だ。教会の鐘はどれも運び去られつぶされた。爆撃でできた窪みにはもう、最初のサクラソウとユキワリソウが生えていた。ひとりの若い女が路面電車から降りる、きれいにめかし込み厚く化粧をして。彼女の腕から洗剤の箱が滑り落ち、中身が歩道に転がる。玩具、雑貨、焦げ跡のあるシーツ、そしてそのなかにくるまれて、萎びて炭になった彼女の子どもの遺骸。半ば狂った女は自分の住居の瓦礫のなかからこれを掘り出して持ち運んでいた……。私は戦争についてあまりにたくさん語りすぎるのでしょうね?

パトリク　でもあなたご自身はほとんど身をもって体験されていない……

アニータ　それでも語り継いでゆかなくてはなりません。光景のひとつひとつ、残虐行為のひとつひとつを、書物に描かれているように綿密に。

パトリク　(扉まで歩んでゆき街頭を見やる)外では夜が輝きはじめ、花火とシャンパンの栓がはじける音とともに戦後という時代の最後の悪霊たちがこの国から追い払われつつあるというのに、あなたは頭を闇のなかに埋めている。

アニータ　あなたも外へ出てゆきたいんですか？　通りはもういっぱいですよ！

パトリク　亭主まで走り去ってしまって、ぼくの食事を持ってこない。

アニータ　しょうがないですわ。群れなしている人びとのことはまずシャベルですくって道から片づけなくてはなりません、そのあとすべてが託されたひとりの男が残るように。

パトリク　（笑う）あなたひとりでは全員を追い払うことはきっとできなかったでしょう。世界史が少しばかり力を貸さなくてはならなかったのです。

アニータ　すでに想像していました、騒動のことごとくが、天と地の間、東と西の間の騒動が、ゆっくりと私たちふたりに向かって動いてきて、ついにはふたりの周りを渦巻く……

パトリク　アニータ・フォン・シャーストルフさん、あなたはいま母上に監視されることなく――

アニータ　自分の振る舞いが酷かったことはわかっています。私が考えていたのは、どうしてこの男は何もせず何も言わないのか、ということだけでした。その男が苦情くらいは申し立てるようにと、私はどたばたと茶番を演じてみせたのです。でも身じろぎもしないで、ただ見ているだけ……

パトリク　そうかもしれません。当時は。そう、むかしのことです。

アニータ　いつだって王たちはいて、いつだって力を持っている。あらゆる時代を貫いて王たちは進む、跪くことは無駄ではありません。王たちはやって来て、そして去り、そしてまた戻って来るのです。

パトリク　どうしてあなたはお父上を、抵抗運動にいた愛国者にまつりあげようとされるのです？　本気でそのように評価するのはきわめて難しいことですが。お父上の日記の新しい版では、お父上の立場を危うくしかねない多くの箇所をどうして伏せたのですか？

アニータ　私が削除したのは些細な点だけです。それにタブーだってありますし。

パトリク　ああ、タブーですか。お父上が恐怖の時代の記録者として何にも惑わされることのない立派な方だったことは、認められている通りです。けれど、お父上の女性遍歴が知れてしまうようなただの一箇所も、あなたは残していないじゃないですか。この点に関するならば、彼の反逆活動が本質的には何人かのナチ上級将校の妻との不倫行為に限定されていたということを、数多くの書簡から私たちは以前より知っています。もしかしたら恋の悩みによって指導部の風紀を乱そうとしていたのでしょうか？

アニータ　（立ち上がりパトリクの顔を打つ）このいかがわしく冷酷で汚らしい恥知らずのおしゃべりが……

パトリク　落ち着いてください……

アニータ　卑怯者！

パトリク　お父上が命を失ったのも、この胡散臭い情事の結果であるとの充分な証拠が……

アニータ　それ以上口を開くことのないように。顔中をずたずたにしてやりますよ！

パトリク　こそこそと真理を迂回されることがもしなかったなら、よほどお父上の追憶に仕えたことだったでしょうに！　けれど、ああ、誰がいまそんなことに興味を持つでしょうか？（外へ出てゆく。ベートーヴェンの終合唱が街頭からきれぎれに聞こえてくる。舞台装置が転換する。）

アニータ　（ひとりで）そう……、そう……、あなたの腐った金切り声が聞こえる、そう。あなたの灰緑色の目が見える。化膿した口からだらりと涎が垂れている。黒く汚れた歯が見える、あなたの口のなかは苔むしている……、そしてあなたの頬は千年来の湿疹に覆われている、崩壊した顔の土壌から育成した苔による湿疹に……

動物園。イヌワシの禽舎。低い囲い、ベンチ。背景に格子の棒と白い半円形の地平があり、そのうえに花火と滑空するワシの影が映る。アニータ・フォン・シャーストルフが暗闇から出てきて飼育用囲い地の前へ歩み出る。小振りで扁平なハンドバッグを持っている。


アニータ　ひとりだけなの？　お邪魔？

今日の午前にも、少しだけここに来ていた。ちょうど学校の生徒たちがあなたをさんざんいたぶっているところだった。あなたの家の前から私は子どもたちを追い払った。怒りに燃えたあなたの目から愛のまなざしをお返しとして受け取った……。もう忘れたの？

たくさんの人間が馬鹿面して眺めているのを毎日あなたは見ている。人間たちは自由の身でぽつねんと立ちつくし、べちゃべちゃ口音をたてている。私は勇気を奮い起こし戻ってきた。今夜、ハリネズミも屋根の上で寝ているこんな遅い時間なのに。まったく何のあてもなしにここに忍び込んだわけじゃないつもりよ。手ぶらでここに立っているわけでもない……

ハンドバッグからナイフを取り出し、禽舎の針金を断って大きな穴を開ける。

この着ている衣装の下で私たちは、すっかり、すっかり身だけだ。衣装がなければ裸で貧困で、それがどんなに侘びしいか、鳥にはなんにもわかりはしない。何も脱ぐものがないということだけでもう、あなたは私にまさっていた。あなたの姿のなんと凛々しいこと。まるごと誇らしげで。その下にはなにもない、その後ろにもなにもない。頭蓋骨から足首まで羽毛の衣装。ううぅん。すてきな解決策だ。

檻から二、三歩遠ざかる。

そう。あなたに必要なものを取ってきなさい。グリフィン★11たるものが、にん……うっ！……人間の柔らかい腹から取り出すことのできるなんでも取ってきなさい。はらわたに腺、皮膚、腱、脂肪、生暖かい血。殴り、引きちぎり、むさぼり食うのです。ほらっ！　動かない。今朝の悪意と愛に満ちた目と比べると、あなたはすっかり疲れ切ってしまっているよう！　誇りが高すぎるの？　自分の羽毛にあまりに陶酔しすぎているの？　戦いがないから？　獲物を襲うこともないから？　もはや憤懣を晴らすこともないの？　覚えたすべてをもう忘れてしまったんでしょう、交尾の叫びも、巣の作り方も、そして……、どうやって女に銃口をつきつけたかも？

動かない。

この前、ワシのレスヴェルク[★12]と再会した、北方から来た禿頭と！　それはお祭りのとき、建物のうんと上、屋上テラスでのことだった。私は寒くて凍えていた、すると彼が翼をむき出しの肩にかけてくれた。そう、私にぴったりと寄り添い、ツメを私の腰に回し、甲高い声をあげた。「アニータ……、ギウエー、ギウエー……、もう反抗するのはやめなさい……、忘れようよ……、ぼくといっしょに天空の浜に昇ってゆこう！」甲高くこう言うや、私を捕まえて立ち上がろうとした、けれど私は逆らった。翼が私の衣装を撃った。私は反抗した、私は反抗した。

ワシを探す。ワシは相変わらず背中を彼女に向けてうずくまっている。

私の言葉をわからないんだろ。私が何を言っているのか声から聞き取れないかな？　それじゃあ、あなたに嫉妬心をかき立てるようなひけらかしの声音を私は発していないんだね？　言葉を理解しない鳥でも、音ぐらい聞き分けなくちゃ。獲物を摑んで仕留める猛禽！　憧れを持たなくては！　……ご覧、私のむき出しの腕を止まり木として提供しましょう……、ギウエー、ギウエー。

前景が暗くなる。半円の地平上にワシの影、長く滑空しながら降下してくる。ふたたび明るくなると鳥は肩のうえにあげたアニータの腕にとまっている、そのためアニータはいくぶん上体を前に傾けて立っている。

去勢されたキマイラ！　双つの頭の姿はどこへいったの？　萎びた紋章！　凝固した降誕！　驚愕の人形！　このためらいの産物、情熱もむさぼり食うのも生半可なこのグリフィン！　あなたのツメを燃えさかる炭につないでしまおう。蒸気を立てるタールのうえでしたたかに焦がしてやろう！　この地上へ引きずり下ろそう！　大地の上で燃やしてしまおう！

前景はふたたび暗くなり、背景のスクリーン上にはワシの滑空が映される。次に照明が当てられている間にアニータは肘をついて地面に横たわる。鳥は威嚇の姿勢で彼女の頭上もしくはむき出しの肩の上にいる。ハンドバッグの中身はあけられており、そのなかにはナイフもある。アニータはときおり頭を揺すって、グリフィンがものを乞う際の動きを真似てみせる。

アニータ　あなたに戯れることができないというだけの理由で、私がずたずたにされなくてはいけないの――私の周りの大地を赤く染めなくてはいけないの？　そのばかげた真面目さだけのせいで、血のしたたる臓物を私は抜かれてしまい、食べ尽くされてすかすかの籠のようになってしまったあばらを風が吹くたびにごろごろと転がし石にぶつけなくてはならないの？　あなたが私と戯れることができないという、それだけの理由で？

ペリカンのことを考えてごらんなさい、雛に自分自身の胸の肉を与えているんですよ！　おおきな鳥ならば私欲なく、ひとりの人間を気遣い庇護することくらいできるでしょう！　あなたになら、私のことをむさぼり食うのではなく養ってくれ、むしり取るのではなく導いてくれることだってできるでしょう。

けれども、どんな恐怖だって整合性があるわけではなく、千もの美しいごくちいさな部分から成り立っている。どんな粗暴さだってさほど乱雑であるわけではなく、無数の繊細さから作られている。だから、私のことを醜く苦しませないで！　甘美な傷であって欲しい、穏やかな戦争、幸福な怒りであって欲しい！

でも……、聞こえる？　空にはどよめきと羽ばたきの音が？　たくさんの上着、厚手の生地、布地……、足をも上半身をももはや包んでいない衣装なの？　ご覧なさい、天空が轟音をたてる衣装でまっ黒になってゆくのを！

飛行する物体となった鉱石よ。老いぼれて精彩なく無力な物体。あなたを裏切ることなんて簡単だった！　だって私は衣服なんだから、とことんまで衣服、どこでも衣服なのだから。私に肌をえぐるような打撃を与えることなんてできはしない。あなたには糸、より糸、もつれた糸で首を絞められることなく、私の骨を砕いたり、私をむしり取ったり、食べ尽くしたりなどできはしない。それってすばらしいことじゃない？

照明転換。スクリーン上でワシの影が墜落する。ふたたび明るくなると、アニータはふくらはぎまで羽に埋もれ、顔から血を流し、下に垂らした手には切断された鳥のツメ。

アニータ　森……森……森……森……

終

訳注

★1—オーバーバイエルンの観光地。なお西ドイツの通貨改革は一九四八年。

★2—ギリシア神話で、猟師のアクタイオンは狩りの途中で水浴中の女神アルテミス（ローマ神話のディアナにあたる）の裸身をのぞき見てしまい、女神の怒りをかって鹿の姿に変身させられ、自分の猟犬によってずたずたに引き裂かれた。

★3—旧約聖書「サムエル記」下十一章。女性の名前は後出する《バテシバ》。

★4—ヘンリエッテの愛称。

★5—フエゴ島は《火の島》を意味し、ドイツ語では《火の国（**Feuerland**）》と称されている。

★6—実在した、キリスト教保守主義に基づく反ナチ抵抗組織。

★7—一七九二年、フランス革命軍がプロイセン軍を破ったヴァルミの戦いに居合わせたゲーテは、《ここ今日から世界の歴史の新たな時代がはじまる》と「マインツの包囲」という文章に記している。

★8—旧東ドイツのテューリンゲン地方の町。

★9—東マルクと西マルクとは公式には一対一の交換率だったが、実際には闇では最低でも一対四以上の率で交換されていた。

★10—『ジーベンケース』はジャン・パウルの作品。（邦訳は恒吉法海・嶋崎順子訳、九州大学出版会）

★11—ライオンの胴体にワシの頭、翼を持つ怪獣。キリスト教芸術では、神と人間の属性を持ち合わせるキリストの象徴でもある。紋章にしばしば使われ、今日でもバーデン＝ヴュルテンブルク州の紋章。

★12—〈死体をむさぼり食うもの〉を意味するゲルマン神話に伝わる巨大なワシで、風をうみだすと言われる。ここでは〈北方〉的なものとしてグリフィンと対比されている。

訳者解題

〈森〉へ——ボート・シュトラウス「終合唱」へのいくつかの観点

初見基

ここに訳出したのは、Botho Strauß: »Schlußchor« (1991) である。底本として、Botho Strauß: Theaterstücke II. (1991, Carl Hanser Verlag) 所収のテクストを用いた。

劇作家ボート・シュトラウスについては、すでにドイツ現代戯曲選第十九巻『公園』の解題に寺尾格氏による要を得た記述があるのでここで繰り返すことは避けて、この戯曲が生まれた一九九〇年代初頭という時代の文脈を紹介することによって、作品からうかがえる動機のいくばくかを理解するための一助としたい。

一九八九年十一月の〈ベルリンの壁崩壊〉、そして一九九〇年十月の〈ドイツ統一〉に象徴される一連の社会的事件は、おそらく一九四五年以来もっともドイツ社会を揺るがす画期的なものだった。とはいうものの、直接の当事者ということだけからするならば、旧東ドイツ国民が否応なく渦に巻き込まれたのは言うまでもないながら、それに比して旧西ドイツ国民、とりわけ戦後世代にとっては、その切実さは相対的にちいさかったことはたしかだ。〈再統一〉と称されてはいても、それは実質的には旧西ドイツが旧東ドイツを併合するかたちで、つまり旧西ドイツにとって国家が根本的に覆るわけではなしに実現していたからだ。しかしそれでも、政治、経済などの目立った側面とはいささか違ったかたちでの、必ずしも可視的でない変化が、旧西ドイツにあってもそれだけ決定的な意味をもって進んでいた。数十年来培われてきた文化ないし政治文化が、大々的な地殻変動を引き起こしたのだった。それをひと言で表わすならば〈戦後の終わり〉ということになるだろう。

ドイツと同じ第二次大戦での敗戦国である日本では、経済企画庁の「経済白書」においてすでに一九五六年に〈もはや戦後ではない〉という脱戦後宣言が謳われたことは知られているとおりだが、経済復興にかぎらず、文化ないし政治文化にあっても〈戦後〉意識が必ずしも広範かつ長期的に共有されることのなかった事実は、たとえば〈戦後文学〉という範疇が通常いわゆる第一次戦後派に局限されて使われているというような傍証からも無理なく指摘できる。

それに対して戦後ドイツの社会と文化は、良きにつけ悪しきにつけ、一九四五年の破局に到る歴史をつねに参照点として営まれざるをえない、という意味で、〈戦後〉が長く継続していた。さらに、いわゆる〈過去の克服〉の議論ならば、むしろ一九六〇年代、七〇年代によりいっそう深化されてゆきさえした。否定的な過去に向けられた批判的なまなざしを堅持することによってこそ現在の正統性が保証されうるという規範的姿勢は、西ドイツ社会のなかで一定の定着をみていったと言える。ただそのような公論にひそむ〈正しさ〉の暴力性が、その裏面で反撥、反動を隠然と引き起こさざるをえないとともに、さらにまた時間の流れに伴い世代交代が確実に進んでいる以上、〈過去の風化〉が余儀なく迫られていたのも事実だった。そこで、このようなせめぎ合い、いわば〈歴史をめぐる抗争〉が一九八〇年代半ばになるとさまざまなかたちで明瞭に現われる。戦後四十年を迎えた一九八五年、一方で、戦後的な規範性を公共的に認知してゆこうとする試みの一環として、保守政治家の陣営からすらヴァイツゼッカー大統領が著名な政治演説を行なっているが、その他方では、ビットブルク事件（コール首相がアメリカ合州国大統領レーガンと武装親衛隊員も葬られた墓地を訪問した）、翌八六年には歴史家論争、といったように、タブー破りや過去の解釈についての異論も噴出してくる。R・W・ファスビンダーの「ゴミ、都市そして死」上演をめぐる騒動（本戯曲選第二十五巻の渋谷哲也氏による解題を参照のこと）が起きたのも一九八五年、前提は若干異なるもののオーストリアでのヴァルトハイム問題（ヴァルトハイム元国連事務総長のオーストリア大統領就任にあたってナチ突撃隊将校の履歴が問題にされた）は一九八六年で、トーマス・ベルンハルトの「ヘルデンプラッツ」（八八年）はそのような時代背景のなかで挑発的な効果を発揮し、オーストリア国民を激怒させた。

これらを含めたさまざまな事件が生じた底流を捉え返していったときに、

一九八九年の〈転換〉もまた、東ドイツの自壊とドイツ統一に到る一連の事件が主因となってその結果〈戦後の清算〉が引き起こされたと解するよりも、むしろ、よりおおきな〈戦後の終わり〉の流れの一帰結として〈転換〉も生じている、といった見方にもそれなりの説得性があるように思われる。

それはともかくとして、きわめて劇的、象徴的な推移をたどった現実を経験した後での一九九〇年代初頭のドイツ文学にあっては、まず素材面からして、〈ベルリンの壁〉や〈東西分断〉を扱った作品が陸続として現われた。とはいうものの、現実の重さに作品が充分拮抗しえていないか、あるいは手練れの作家たちが時代背景を結局のところ書き割りとして使っている程度のものであるか、といった例が多数を占めていたのもまた事実である。そしてそうしたなか、ボート・シュトラウスの「終合唱」は、右のような時代状況を反映させたもっとも早いもののひとつであるにとどまらず、またそれを深部において描きえた数少ない成功例として、記念碑的な作品である。

しかしながら「終合唱」という作品そのものの表層にあって、こうした現実との対応がとくに中心をなしているわけではない。第三幕にあって〈壁崩壊〉の日のべルリンが示唆された設定となっており、そこでは亡父を反ナチ抵抗運動の英雄に仕立てあげようという〈歴史をめぐる抗争〉を茶化したかのような娘と母のどたばたが描かれているあたりが、外的現実を直接的かつ顕著に反映した箇所ではあろう。

その点に関して、むしろより着目するべきであるのは象徴的な表現で、そのひとつ、緊密な相互連関を持たないながら各幕に共通して現われる《ドイッチュラント！》なる〈叫び〉は、当時の時代状況のなかで強烈な衝迫力を持っていた。——ちなみに〈ドイチュラント（Deutschland）〉とは《ドイツ国》を意味する単語だが、日本語になじんでいないため説明的な訳語を充てる選択肢もないわけではなかったものの、ここではその〈翻訳不可能性〉を打ち出す意図をも込めて促音を加え強調するだけで敢えてこのまま通した。——また、第三幕最終部での、紋章にも使われる戦闘的な動物イヌワシに対するアニータによる挑発と、そこから露呈される《虚勢された》猛禽の無力さなども、当然その文脈での解釈を誘う。

一九八〇年代にあっては東にあっても西にあってもタブー視以前にもはや現実性を持たない戯言としか考えられなかったドイツ再統一が、〈ベルリンの壁崩壊〉以後にわかに具体的な政治日程にのぼり、充分な議論を経ないまま勢いに押し流されるようにして実現された。そうした過程のなかで、〈ドイチュラント〉という単語にも新たな〈ナショナル〉なものに向けられたその時代の色が濃厚に付着した。さらにそれにとどまらず、九〇年代に入ってからの数年は〈ネオナチ〉などとも称されるスキンヘッド青少年たちの主として外国人に対する襲撃が頻発し、排外主義の擡頭が深刻な社会問題化したことも念頭に置く必要がある。そこでここでの劇中人物《呼ばわる男》とは、まずは時代に感応してみせる者であり、彼の叫ぶ《ドイッチュラント》とは、来るべき、あるいはすでにいま頭をもたげつつある、はっきりこれと名指すことのできない、そのような何ものかを告げ知らせる、そんな語と解することができる。それが、幾重にもかさねられていたタブーの覆いをいまこそ引き裂いてみせようという、新たな〈ドイツ国〉の誇らしげな自己主張であるのか、それとも逆にそれへの警告であるのか、はたまたそれを軽くいなして笑いの対象としているだけなのか、解釈は開かれている。そしてさらに言うならば、ボート・シュトラウス自らもいわば〈呼ばわる男〉として、作品「終合唱」を叫んでみせている、というように二重写しをして見ることもできるのではないだろうか。

ところでボート・シュトラウス自身は、こうした状況への反応を当時エセーのかたちで発表していた。例の悪名高き「高まりゆく山羊の歌」である。

はじめ一九九三年二月八日付「シュピーゲル」誌に掲載されたこのエセーでシュトラウスは、異質なものをその異質性において認めることをせず、違いのあるものをすべて平準化・平板化してみせる民主主義政治体制、経済に基本的価値を置く社会、そしてそれを支える左翼啓蒙派文化人、ジャーナリズム等々をやり玉に挙げている。難解な文体の高踏的な身振りによって戦後的な言語空間を嘲罵するこの文章は、ドイツ言論界においてすぐさま広範な怒りをかうことになる。

さらに、〈右（recht）〉という形容詞に〈正しい〉という語義を重ね合わせて自らの態度を表わしてみせたことも、火に油を注ぐ効果をもたらした。シュトラウスの〈右翼宣言〉などとしてなにかにつけ引き合いに出されることになった次のような箇所は、たしかに確信犯的な挑発ではあるだろう。しかしそれをはるかに超えて、〈啓蒙的理性〉〈戦後的規範〉を否定した〈回想の力〉〈詩人の想像力〉にこそ立脚してみせようというシュトラウスの強い意志の現われでもある。

《公共的道徳という偽善はいつも、エロスを愚弄すること、兵士を愚弄すること、教会、伝統、権威を愚弄すること、これらを（促進しない場合でも）許容してきた。》

《右であること、それは安易な確信や卑しい意図からではない、それは存在全体からのものであり、つまり公民ではなく〈人間〉を捕らえて、日常生活を送ってい

る啓蒙化された近代的な状態のただなかでその人間を孤立させ震撼させる、回想の絶大なる力を身をもって知ることなのだ。》

《重要なのは反抗の別なあり方だ。啓蒙化されていない過去、歴史的に生成したもの、神話的な時代、〈そこにある〉それらいっさいを個人から奪い取り除去してしまおうとする、現在の全体支配に対する反抗だ。救済史を猿まねしてみせる左の想像力とは異なり、右の想像力は将来の世界帝国を思い描いたりしないし、ユートピアを必要とせず、確固とした悠久の時代との再結合を求めるもので、その本質からして深部への回想であり、そのかぎりで宗教的ないしは原政治的なイニシエーションなのだ。それはつねにそして実存的に、喪失への想像力であって、(地上での)約束の想像力ではない。すなわち、ホメーロスからヘルダーリンに到る詩人の想像力なのだ。》

このような発言の持つ政治的射程、現実的な力に関してここでは措くとしても、その後の彼の実作における神話、ギリシア的なものといった要因の処理を考察するうえでこれを無視するわけにはゆかないのは言うまでもない。時間的にはこの文章を二年ほど遡るとはいえ、「終合唱」のいくつかのモティーフもまた、神話、悲劇

〈〈山羊の歌〉はその語源である〉といった枠組みに引き寄せて考察できる。

第一幕での集合写真を撮っている集団が《合唱》を名乗っているとするなら、それは悲劇的な〈英雄〉を前景に擁さない〈コロス〉とも称しうる。このコロスを形成している諸個人はそれぞれてんでんばらばらで対立すらも抱えている近代的な〈個〉——劇中《ひ・と・り・ひ・と・り・の・こ・せ・い》と発せられているが、この原語の〈個性（Individualität）〉は〈これ以上不可分である〉という語義に由来しており、その語が集合によって音節ごとに分節して発音されるという事態の奇妙さを、日本語訳では反映できなかった——であり、集合写真を撮影するという以外の凝集的な力がこの集団に働いているようには描かれていない。しかしそれにもかかわらず、このコロスは一種自閉的な集団を形成していて、集団の他者を抹殺するような力を行使することが暗示されている。これを神なき時代の神話的暴力の謂と解する余地もあるだろう。

また近代的〈主体／客体〉のモデルとしてしばしば設定されがちな〈見る／見られる〉という関係がここでは錯綜している。見る者、能動的な撮影者としての写真屋はむしろ消し去られる対象であり、また集合写真を撮られる側は、写真屋のカメラに視線を送りはしても、写真屋やカメラを見ている訳ではない。その視線は写真屋・カメラの位置で折り返され、未来の位置から現在のことを振り返っている自らの姿を先取りして見ている。

第二幕でアクタイオン伝説、ディアナの水浴のモティーフといった神話的形象に依拠して示される〈見る／見られる〉ことの〈悲劇〉では、設定された場そのものは古代的な道具立てを排した、きわめて凡俗な現代社会の一断面ではある。ローレンツの所作も滑稽で〈英雄〉の面影は微塵もない。だがそれにもかかわらず、というよりむしろ、それだからこそ、啓蒙的理性によって律することのできない妙な力もまた、その曖昧さのままでの強い印象を残す。

また、〈見る〉行為を通じて、〈現象〉としてまずは目に入る人の着衣の姿と、その下に厳としてある裸身との対比が際だたせられてもいる。第二幕でのように、日常的には隠されている裸身がむき出しに、まとうものなく〈あらわ〉にあるとき発揮する力の不気味さが描かれると同時に、全幕を通して衣装・衣服に余剰なり文明の澱なりの象徴的な意味が託されている点も喚起的である。

その他示唆に富むモティーフに事欠くことのないこの作品全体に、一本の糸を通してすべてを整合的に説明し尽くすことができるのかどうか、そもそものような作品理解が適切であるかどうかすらあやしい。ただ本作品末尾で示されるひとつの〈終わり〉の予感は、作品全体の提示するところと密接につながっているだろう。なにかが終わり、そしてなにかが始まる。しかし前進運動によって促されるような、まったく新しい時代の開始ではない。最後のアニータの言葉《森……森……森……》には、過去の深い闇と交信し、そのなかへと分け入ってゆこうとする復古への希求が込められているかもしれない。しかしまた他方でそのような〈ロマン派の森〉〈ドイツの森〉は失われて久しい。そこでアニータの幻視した〈森〉を、〈根源的〉なもの、あるいは光の照射によって除去されるべき〈不気味なもの〉をいまなお秘めた実在する場と捉えるか、それともこれは、いまここでは決して得られない心地良い眠りがその奥深くに望まれる非在の場でしかないのか、解釈は開かれている。さらに、一本一本の樹を見ることはできても、全体として見きわめることの能わない〈森〉はまた、未定形である点で〈合唱〉とも通底しているだろう。

シュトラウスが後に言い立てることになる〈右翼＝正しい〉思想の内実がいかなるものであろうとも、戯曲作品としての「終合唱」は、不分明ながらなにかが終わりなにかが始まった、そんな一九九〇年代ドイツに拡がった心情の一断面をよくとらえ、時代のなかで漠然と感知された未定形なものを強く指し示そうとしている、その点の評価が変わることになりはしない。

「終合唱」初演は一九九一年二月にミュンヒェンのカンマーシュピールにて、ディーター・ドルン演出によって行なわれている。さらに翌九二年二月には、ベルリンのシャウビューネで、リュック・ボンディ演出、オットー・ザンダー（写真屋／ローレンツ）、コリナ・キルヒホフ（デーリア他）、ユタ・ランペ（アニータ他）ら往年のシャウビューネ俳優を配して上演、これに基づくテレビ版も制作された。双方とも好評を博しそれぞれ九一年、九二年のベルリン演劇週間に招待されている。しかし一九九〇年代半ば以降とくに目立った上演がもはやないのは、この作品があまりに〈時代〉に規定されていると捉えられているが故かと推測される。

著者

ボート・シュトラウス（Botho Strauß）

1944年ナウムブルク・アン・デア・ザーレ生まれ。劇作を中心に、小説、詩、エッセイと多数。1970年代後半以降、ブームと言えるほどの高い人気を維持し、1989年にビュヒナー賞受賞。『老若男女（ロッテ）』『時間と部屋』は日本でも上演された。男女の欲望、すれ違い、消費の抑圧、不安等、現代の豊かさの抱える病理を繊細な視点から描写。

訳者

初見基（はつみ・もとい）

一九五七年埼玉県生まれ。東京農工大学を経て、二〇一〇年度にて廃学される東京都立大学に目下勤務。ドイツ文学専攻。著書に『ルカーチ』（一九九八年、講談社）、訳書にカール・シュミット『ハムレットもしくはヘカベ』（一九九八年、みすず書房）他。

ドイツ現代戯曲選30　第二十七巻　終合唱
二〇〇七年二月二五日　初版第一刷印刷　二〇〇七年三月一〇日　初版第一刷発行
著者ボート・シュトラウス◉訳者初見基◉発行者森下紀夫◉発行所論創社　東京都千代田区神田神保町二―二三　北井ビル　〒一〇一―〇〇五一　電話〇三―三二六四―五二五四　ファックス〇三―三二六四―五二三二◉振替口座〇〇一六〇―一―一五五二六六◉ブック・デザイン宗利淳一◉用紙富士川洋紙店◉印刷・製本中央精版印刷◉◉ISBN978-4-8460-0613-6

ドイツ現代戯曲選 30

*1
火の顔/マリウス・フォン・マイエンブルク/新野守広訳/本体 1600 円

*2
ブレーメンの自由/ライナー・ヴェルナー・ファスビンダー/渋谷哲也訳/本体 1200 円

*3
ねずみ狩り/ペーター・トゥリーニ/寺尾 格訳/本体 1200 円

*4
エレクトロニック・シティ/ファルク・リヒター/内藤洋子訳/本体 1200 円

*5
私、フォイアーバッハ/タンクレート・ドルスト/高橋文子訳/本体 1400 円

*6
女たち。戦争。悦楽の劇/トーマス・ブラッシュ/四ツ谷亮子訳/本体 1200 円

*7
ノルウェイ.トゥデイ/イーゴル・バウアージーマ/萩原 健訳/本体 1600 円

*8
私たちは眠らない/カトリン・レグラ/植松なつみ訳/本体 1400 円

*9
汝、気にすることなかれ/エルフリーデ・イェリネク/谷川道子訳/本体 1600 円

*10
餌食としての都市/ルネ・ポレシュ/新野守広訳/本体 1200 円

*11
ニーチェ三部作/アイナー・シュレーフ/平田栄一朗訳/本体 1600 円

*12
愛するとき死ぬとき/フリッツ・カーター/浅井晶子訳/本体 1400 円

*13
私たちがたがいをなにも知らなかった時/ペーター・ハントケ/鈴木仁子訳/本体 1200 円

*14
衝動/フランツ・クサーファー・クレッツ/三輪玲子訳/本体 1600 円

*15
自由の国のイフィゲーニエ/フォルカー・ブラウン/中島裕昭訳/本体 1200 円

★印は既刊（本体価格は既刊本のみ）

*16
文学盲者たち/マティアス・チョッケ/高橋文子訳/本体 1600 円

*17
指令/ハイナー・ミュラー/谷川道子訳/本体 1200 円

*18
前と後/ローラント・シンメルプフェニヒ/大塚 直訳/本体 1600 円

*19
公園 /ボート・シュトラウス/寺尾 格訳/本体 1600 円

*20
長靴と靴下/ヘルベルト・アハターンブッシュ/高橋文子訳/本体 1200 円

*21
タトゥー/デーア・ローアー/三輪玲子訳/本体 1200 円

*22
バルコニーの情景/ジョン・フォン・デュッフェル/平田栄一朗訳/本体 1600 円

*23
ジェフ・クーンズ/ライナルト・ゲッツ/初見 基訳/本体 1600 円

*24
魅惑的なアルトゥール・シュニッツラー氏の劇作による魅惑的な輪舞/
ヴェルナー・シュヴァープ/寺尾 格訳/本体 1200 円

*25
ゴミ、都市そして死/ライナー・ヴェルナー・ファスビンダー/渋谷哲也訳/本体 1400 円

*26
ゴルトベルク変奏曲/ジョージ・タボーリ/新野守広訳/本体 1600 円

*27
終合唱/ボート・シュトラウス/初見 基訳/本体 1600 円

28
レストハウス、あるいは女はみんなこうしたもの/エルフリーデ・イェリネク/谷川道子訳/本体 1600 円

座長ブルスコン/トーマス・ベルンハルト/池田信雄訳

ヘルデンプラッツ/トーマス・ベルンハルト/池田信雄訳

Marius von Mayenburg Feuergesicht ¶ Rainer Werner Fassbinder Bremer Freiheit ¶ Peter Turrini Rozznjogd/Rattenjagd ¶ Falk Richter Electronic City ¶ Tankred Dorst Ich, Feuerbach ¶ Thomas Brasch Frauen. Krieg. Lustspiel ¶ Igor Bauersima norway.today ¶ Fritz Kater zeit zu lieben zeit zu sterben ¶ Elfriede Jelinek Macht nichts ¶ Peter Handke Die Stunde da wir nichts voneinander wußten ¶ Einar Schleef Nietzsche Trilogie ¶ Kathrin Röggla wir schlafen nicht ¶ Rainald Goetz Jeff Koons ¶ Botho Strauß Der Park ¶ Thomas Bernhard Der Theatermacher ¶ René Pollesch Stadt als Beute ¶ Matthias

ドイツ現代戯曲選 ㉗
Neue Bühne

Zschokke Die Alphabeten ¶ Franz Xaver Kroetz Der Drang ¶ John von Düffel Balkonszenen ¶ Heiner Müller Der Auftrag ¶ Herbert Achternbusch Der Stiefel und sein Socken ¶ Volker Braun Iphigenie in Freiheit ¶ Roland Schimmelpfennig Vorher/Nachher ¶ Botho Strauß Schlußchor ¶ Werner Schwab Der reizende Reigen nach dem Reigen des reizenden Herrn Arthur Schnitzler ¶ George Tabori Die Goldberg-Variationen ¶ Dea Loher Tätowierung ¶ Thomas Bernhard Heldenplatz ¶ Elfriede Jelinek Raststätte oder Sie machens alle ¶ Rainer Werner Fassbinder Der Müll, die Stadt und der Tod